Stiga Welkind

Feuer über dem Meer

Stiga Welkind

Feuer über dem Meer

Bibliografische Information der Deutschen Nationalbibliothek: Die Deutsche Nationalbibliothek verzeichnet diese Publikation in der Deutschen Nationalbibliografie; detaillierte bibliografische Daten sind im Internet über dnb.dnb.de abrufbar.

Grafik: Maarja Nurk

Verlag: BoD • Books on Demand GmbH, In de Tarpen 42, 22848 Norderstedt
Druck: Libri Plureos GmbH, Friedensallee 273, 22763 Hamburg

ISBN: 978-3-7583-4277-6

INHALTSVERZEICHNIS

WEGSEIN

Das Schiff schaukelte und brach mit voller Wucht durch die Wellen. Der Wind peitschte und trieb den Regen in Böen über das Deck. Ich konnte die Wellenbewegungen spüren, wie sie das Schiff nach oben trugen und wie es hinter der Welle fiel: tiefer und tiefer, bevor es wieder von neuem hochgerissen wurde. Ich fragte mich, wie unser Auto, das Papa im Rumpf des großen Schiffes geparkt hatte, bei all den wilden Bewegungen an seinem Platz bleiben konnte, oder ob es nicht mit allen anderen Autos und Lkws hin und her geworfen zu einem metallenen Müllhaufen zerdrückt würde. Vom Bug des Schiffes blickte ich über das Meer, das nun immer mehr in der Dunkelheit verschwand. Und wohin ich auch schaute, sah ich überall nur Wasser. Papa meinte, am Ende der Wellen wartete auf mich und meine Schwestern eine neue und hoffentlich bessere Zeit. Ich wusste, er meinte es gut mit uns. Aber ich hatte Angst vor allem Neuen. Insbesondere, wo wir jetzt doch alles verloren hatten und ich einfach nur Ruhe haben wollte.

Mir wurde kalt. Auch das in vielen Farbschichten bemalte Metall der Reling fühlte sich eisig an. Trotzdem hielt ich mich daran fest. An allem anderen fehlte mir der Halt.

Alles um mich herum erschien mir nur wundersam und fremd und irgendwie nicht wirklich an. Seit Mama fort war, fühlte sich alles wie durch Watte an, oder wie unter Strom und übertrieben laut. Und ohne eine Hoffnung darauf, dass es besser werden könnte. Ich hatte das Gefühl, dass mich die Kräfte verließen und ich spürte die Angst, zu fallen und immer tiefer zu stürzen. Ich wünschte mir so sehr irgendwo anzukommen oder aufzuschlagen und endlich in Frieden liegen bleiben zu können ohne diesen schrecklichen, alles begleitenden Lärm. Dabei war alles wie ein Wunder.

Ich wusste, die Menschen denken, Wunder seien immer etwas Gutes, weil sie eben wunderbar seien. Dabei sind sie es doch nur, weil sie Dinge beschreiben, die wir uns nicht erklären können. So war es aber auch mit Mama. Als sie vor zwei Monaten an der schlimmen Krankheit gestorben war, hatte auch niemand erklären können, warum dies geschehen musste. Auch Papa nicht. Ich vermisste sie so sehr und verstand das alles nicht. Ich nannte Mamas Tod daher: *das böse Wunder*.

*

Ich wachte im Bett unserer Kajüte auf. Lina und Leonore, meine jüngeren Schwestern, waren schon auf und sprangen aufgeregt aus der Tür. Papa ließ sie vorbei, während er zwei Pappbecher über ihren Köpfen balancierte. Vor meinem Bett beugte er sich herunter und reichte mir einen der beiden.

„Willst du Kakao?", fragte er und hielt mir den Becher hin. „Er ist noch warm."

Ich richtete mich schlaftrunken auf und griff danach.

„Du musst aufstehen Stine, wir haben nicht viel Zeit. Das Schiff legt bald an."

Ich wendete mich zum Bettende und hob den Kopf. Im runden Fenster über mir war der Himmel immer noch wolkenverhangen zu sehen und aus der Tiefe des Schiffes waren laute mechanische Geräusche zu hören, wie wenn Motoren Unvorstellbares vollbrachten, das in lautes Poltern umschlug.

Ich lächelte Papa an, nippte an dem Becher und spürte, wie Papa mich ansah, selbst seinen Becher zum Mund führte und

10

einen Schluck nahm. Er lächelte zurück und streichelte meine Füße unter der warmen Decke. Das fühlte sich gut an.

„Los komm!", sagte er. Dann nickte er mir zu.

*

Die Ladebordwand des Schiffes senkte sich langsam auf die Parkzone des Anlegers. Mit uns fuhren nur zwei weitere Autos von Bord. Papa steuerte unser Auto, einen roten 240er Volvo, von der Rampe auf den Parkplatz und hielt an, bevor sich die Bordwand hinter uns wieder hob und das Schiff ablegte. Nieselregen ließ die Fensterscheiben undurchsichtig werden und Papa schaltete den Scheibenwischer ein.

Papa war so stolz darauf gewesen, den Wagen - oder *Oldtimer*, wie unsere Nachbarn ihn nannten, von dem gemeinsamen Familienkonto kaufen zu können, auch wenn Mama der Ansicht gewesen war, dass es modernere Autos durchaus für einen günstigeren Preis gegeben hätte. Aber schließlich hatte sie ihm zugestimmt, weil sie Papa eben liebte und verstand, dass Papa manchmal Ideen hatte, die für Mama nicht immer gleich eins zu eins verstanden werden konnten.

Mir war nicht klar, worauf unser Vater wartete. Ich schaute Lina, meine zwei Jahre jüngere, und Leonore meine siebenjährige Schwester auf der hinteren Sitzbank vom Beifahrersitz aus an. Auch sie rätselten. Dann startete Papa den Motor und lenkte den Wagen langsam über den Parkplatz, bevor er auf die Hauptstraße einbog.

Eigentlich sollte auch ich hinten sitzen, neben meinen Schwestern, wie ich es all die Jahre zuvor getan hatte. Aber seit Mama nicht mehr da war, und ich mit zwölf Jahren nach dem Gesetz ganz offiziell vorne sitzen durfte, hatte Papa mir erlaubt, mich neben ihn zu setzen. Es fühlte sich deutlich bequemer an als auf der Rückbank, wo wir uns oft mit unseren

11

Armen und Beinen in die Quere gekommen waren, aber irgendwie auch komisch, weil der Platz neben Papa vorne immer Mama gehört hatte – oder Papa, wenn Mama darauf bestanden hatte, den Wagen zu fahren. Ich sah in der Art, wie Lina meinen Blick verweigerte und mit ihrem eigenen Stolz aus dem Fenster starrte, dass ich diesen Platz in ihren Augen nicht verdiente. Und ich konnte sie verstehen. Auch ich fühlte mich hier nicht gut, obwohl der Ausblick auf die Straße und den Wald durch die Frontscheibe viel besser war, als wenn man nur über die Seitenfenster oder von hinten über die vorderen Sitze nach draußen schauen konnte. Hier wurde einem auch gleich viel weniger übel beim Autofahren.

Wir passierten die letzten Häuser der kleinen Ortschaft und bogen an ihrem Ausgang auf eine asphaltierte Waldstraße ab.

Leonore streckte sich aus ihrem Kindersitz nach vorne und verkündete laut: „Papa, ich glaub' ich muss kotzen."

Papa drehte sich hektisch um.

„Leo, Schatz, willst du aussteigen?"

Leonore wendete sich ab und starrte aus dem Fenster und meinte: „Nein!"

Papa schaute zwischen mir auf dem Beifahrersitz und Lina und Leonore im Rückspiegel hin und her und versicherte, dass, wann immer wir eine Pause bräuchten, wir Bescheid geben sollten.

Lina, Leonore und ich tauschten Blicke. Ich wusste, dass meine Schwestern erwarteten, dass ich die Frage stellte, weil ich eben die Älteste war. Ich sah in ihren Blicken, dass das meine Aufgabe sei. Sie taten so, als wenn das eine Auszeichnung wäre, verbunden mit einer Aufgabe, die ich aber nur allzu gern abgetreten hätte, wäre jemand da gewesen, sie zu übernehmen. Stattdessen blickte ich in die Gesichter meiner zehn- und siebenjährigen Schwestern, die mit dem zweiten und dritten Platz in der Rangfolge sehr zufrieden zu sein schienen, wenn es ihnen Unannehmlichkeiten abnahm. Ich schaute an Lina vorbei auf Leonore, in deren Blick ich erkannte, dass ihre Übelkeit nur vorgetäuscht war, um mich auf den Plan zu rufen.

Große Schwestern schienen diese besondere Rolle zu haben, immer für alles verantwortlich zu sein und alles regeln zu können. Das war irgendwie auch toll, weil dir niemand widersprach, auch wenn sie dich mit noch so rollenden Augen anschauten, wenn du deinen Schwestern verkündetest, dass es Zeit sei, sich die Zähne zu putzen und ins Bett zu gehen und sie dir dann auch folgten, zumindest dann, wenn niemand anderes diese Aufgabe übernahm, wie bisher Mama es getan hatte. Aber ich fragte mich, was ich besser wüsste als sie?

Auch wenn Lina mich eigentlich nicht mochte, wovon ich fest überzeugt war, wollte sie doch immer wieder, dass ich ihr sagte, dass sie ihre Hausaufgaben machen oder was sie anziehen sollte. Auch Leonore lebte eigentlich nach ihren eigenen Regeln. Aber dann, immer wieder, wurde sie ganz klein und tauchte bei mir unter und ich nahm sie dann in den Arm. Aber niemals fragte jemand, wie es mir ging. Ich fühlte mich immer nur als der Punching-Ball, und manchmal fehlte mir eine Schulter, so wie ich sie bei Mama gehabt hatte. In ihren Armen hatte ich mich geborgen gefühlt, ganz gleich, was jetzt gerade wieder schief gelaufen war in der Schule oder in meinem Leben. Es war, als ob sie schon verstanden hatte, wenn ich noch nach den richtigen Worten suchte oder gar keine hatte.

*

Der Regen, der anfangs nur schwach auf uns fiel, wurde plötzlich stärker und Papa schaltete den Scheibenwischer zwei Stufen höher. Trotzdem wurde der Blick auf die Straße immer undeutlicher.

„Wieso jetzt?", fragte ich laut und Papa schaute mich von der Seite an.

„Stine, Liebling, das habe ich euch doch erklärt." Er wirkte nervös.

„Wieso sollen wir überhaupt hier sein? Ich verstehe das alles nicht."

Papa senkte den Blick. Es schien, als müsste er nachdenken. Doch er fuhr das Auto einfach weiter. Ich sah aufgeregt auf die Straße, als der Wagen seine Spur verlor und gefährlich weit auf die gegenläufige Fahrbahn zusteuerte. Ein entgegenkommendes Auto hupte uns im Regen an.

„Papa!", rief Lina laut aus und unser Vater war im selben Moment hellwach und lenkte den Wagen zurück auf die rechte Fahrbahn. Wir starrten aufgeregt nach vorne.

Papa bremste den Wagen ab, hielt am rechten Straßenrand und drückte auf den Knopf der Warnblinkanlage. Alle Autos hinter uns wussten jetzt, dass wir in einer Notsituation waren. Meine Schwestern und ich schauten uns ängstlich an. Glaubte er wirklich, dass wir in Not seien?

Papa holte tief Luft.

„Wir alle brauchen jetzt nach dieser Zeit etwas Ruhe", sagte er.

Ich wusste nicht, was er mit *nach dieser Zeit* meinte oder warum er nicht einfach von Mamas Tod sprach. Ich widersprach und sagte, dass ich diese Ruhe nicht bräuchte. Lina und Leonore nickten mir zu.

Papa wendete sich mir zu und dann zu meinen Schwestern auf der Rückbank. Er wirkte sehr unsicher.

„Ich hab's euch doch erklärt," sagte er, „Wir alle brauchen jetzt etwas…" Er zögerte. Dann fand er das richtige Wort: „Abstand. Und etwas Ablenkung hilft sicher auch."

Ich wurde wütend. „Ich will aber gar keine Ablenkung und überhaupt kenne ich meinen Opa nur von Beerdigungen."

„Du hast recht", lenkte Papa ein, „Omas Tod im vorletzten Jahr war auch sehr traurig".

Papa suchte nach Worten, aber es schien, als fände er keine. Er senkte den Kopf und ich schaute ihn wütend an. Dann sah ich weg, weil ich seine Hilflosigkeit nicht ertrug und sie mich traurig machte. Mama hätte jede Menge Worte gehabt. Ich glaubte, sie kannte alle davon. Mama und die richtigen Worte, das war genau sie gewesen. Sie konnte immer alles sehr genau formulieren, so dass man es verstand und dass es gar keinen Zweifel darüber geben konnte, dass sie recht hatte. Wenn Mama und Papa Streit miteinander hatten, war es immer Papa, der einlenkte und nur, wenn Mama ein Einsehen hatte, dass Papa auch einmal Recht behalten sollte, trat sie von ihrer Kritik zurück und sah ihn plötzlich versöhnlich an, ergriff seinen Arm und sagte so etwas, wie: „Vielleicht stimmt es auch, wie du es siehst?" Papa sah sie dann aber unsicher an, weil er ahnte, dass Mama das nur als Hilfsangebot gemeint hatte, damit Papa sich nicht schlecht fühlen musste.

Papa wendete sich wieder nach vorne. Kurz trafen sich unsere Blicke. Dann drehte er den Schlüssel im Zündschloss und startete den Wagen.

„Es ist nicht mehr weit. Wir sind bald da," sagte er und als wollte er seine Niederlage eingestehen, schaltete er das Warnsignal aus und lenkte den Wagen zurück auf die Straße.

Für den Rest der Fahrt schwiegen wir.

Lina griff nach ihrem Handy und scrollte über den Bildschirm. Dann hob sie den Blick und sah mich wie erschlagen an.

„Hier gibt es noch nicht mal Netz," flüsterte sie mir zu. Ich schaute auf ihr Handy und sah sie besorgt an.

Langsam ließ der Regen nach und auch die Wolken wichen der untergehenden Sonne. Und irgendwann, als sie bereits an dem – zwischen den Bäumen – vorbeifliegenden Horizont versunken war, verlangsamte Papa den Wagen.

Vor einem verwitterten Wegweiser mit der Aufschrift *IGAAR VENT* bog Papa schließlich von der Straße auf einen schmalen Pfad ab, der über Kies zu einem Haus sehr nahe an der Küste führte. Es knirschte unter den Reifen, während wir auf das Haus zufuhren. Jetzt konnten wir auch das Meer rauschen hören und im Haus waren einige Fenster erleuchtet. Aber, was viel beeindruckender war, zeigte sich erst, als wir die letzten Bäume am Waldrand hinter uns gelassen hatten und den gewaltigen Leuchtturm erkannten, der neben dem kleinen Haus im aufgehenden Mondlicht in den Himmel ragte. Ich schaute nach hinten, stupste Leonore wach, die an Linas Schulter eingeschlafen war und zeigte auf die dunkle Silhouette vor unserem Auto. Auch Lina starrte durch das Seitenfenster auf den Turm.

„Wir sind da," sagte Papa leise mit einem Lächeln. „Kommt."

Wir stiegen aus und fühlten den kühlen Wind, der uns auf einmal umgab. Dann schauten wir auf den Turm, der majestätisch in seiner Größe, aber ebenso gespenstisch in der Dunkelheit wirkte. Ich schaute hinauf zur Spitze mit den dunklen Fenstern.

Stattdessen gingen plötzlich auf der Veranda vor dem Haus ein Licht an, und die Tür zum Haus wurde aufgestoßen. Ein alter Mann mit weißem Haar trat auf die Veranda. Ich erkannte ihn von der Beerdigung meiner Oma, der ich nie begegnet war, und auch von Mamas Beerdigung. Ich wusste, dass er Mamas Papa war. Aber eigentlich war er mir fremd und ich fühlte mich hier unwohl und verstand immer noch nicht, warum wir hier sein mussten.

„Finn, da seid ihr ja endlich," sagte er und schaute uns freundlich an.

Papa trat vor und begrüßte meinen Großvater.

„Gustav, hallo. Ja, da sind wir," sagte Papa und nahm meinen Großvater in den Arm. Es sah ein wenig komisch aus, weil sie sich nicht wirklich dabei anschauten. Sie umarmten sich umständlich, hielten aber ihre Körper fern voneinander. Ich spürte, dass sie ihrer Nähe auszuweichen versuchten.

Dann lösten sie sich voneinander. Mein Großvater ging an Papa vorbei und schaute uns an.

„Hallo", sagte ich höflich und gab meinem Großvater die Hand. Lina und Leonore nickten ihm nur zu und sagten ihrerseits „Hallo".

„Habt ihr Hunger, Kinder?", wollte er wissen.

Den hatte ich wirklich und auch Lina und Leonore nickten.

Mein Opa senkte gespielt ergeben den Kopf und machte eine einladende Bewegung in Richtung der Tür.

„Na dann kommt mal rein."

Lina warf einen letzten Blick auf ihr Smartphone und sah mich mit einem erleichterten Seufzer an. Ganz offensichtlich hatte sie hier Empfang gefunden. Zu dritt gingen wir an Großvater vorbei und traten in das Haus ein. Ich spürte, dass er uns nachschaute, aber wir wendeten uns nicht um. In dem engen

Flur vor dem Wohnzimmer zogen wir unsere Jacken aus und legten sie auf einer Kommode übereinander ab.

Die meisten Wohnungen anderer Leute hatten einen sehr eigenen Geruch. Wenn ich meine Freundinnen zuhause besuchte, konnte ich bereits erkennen, wo ich war, allein daran, wie es dort roch. Meist war es der Duft nach Essen oder es lag etwas anderes in der Luft, das entweder angenehm oder auch manchmal unangenehm und muffig war. Wahrscheinlich roch auch unsere Wohnung zuhause speziell, aber weil ich jeden Tag dort war, fiel es mir nicht mehr auf. Auch hier roch alles nach Essen – oder eher – nach Gewürzen. Ich kannte sicher keine von ihnen, aber alles roch lecker und verstärkte meinen Appetit. An den Blicken meiner Schwestern konnte ich sehen, dass es ihnen ebenso ging.

Papa meinte, er hätte versucht, meinen Großvater auf dem Handy zu erreichen. Aber Großvater schüttelte abwehrend den Kopf, und meinte, er möge die Dinger einfach nicht.

Hinter dem Flur öffnete sich ein großer Wohnraum und durch ein großes Fenster konnten wir das Meer im Mondschein sehen, wie es in weichen Wellen am Strand auslief. Und wie von diesem Bild angesogen, blieben wir vor dem großen Fenster stehen. Auch Papa verharrte schweigend neben uns. Gemeinsam starrten wir auf das Meer, während Großvater einen großen Topf vom Herd aus dem offenen Küchenbereich zum großen Eichentisch in der Mitte des Raumes trug und ihn auf einem Untersatz abstellte.

Ich wusste nicht, ob es der Hunger war, der uns jetzt überkam oder ob es tatsächlich so gut schmeckte. Aber wir alle drei hörten nicht auf zu löffeln, bis unsere Teller leer waren. Leonore hob ihren als erste zum Topf.

„Bei Mama hat es auch so gut geschmeckt,“ sagte sie.

Papa hielt in seiner Bewegung inne, senkte seinen Löffel, den er eigentlich zum Mund führen wollte und schaute zu meinem Großvater auf.

„Mama hat das Kochen auch bei eurem Großvater gelernt," sagte er, während unser Großvater Leonore nachschöpfte.

Leonore stellte den Teller vor sich ab und sah in die Runde.

„Ich vermisse sie," sagte sie.

Papa und mein Großvater schauten sich an und auch Lina und ich tauschten Blicke. Lina griff nach Leonores Hand.

„Ich vermisse sie auch," erwiderte Lina.

„Ich würde wirklich sehr gerne wissen, wo sie jetzt ist", sagte Leonore in die Runde.

Niemand fiel etwas ein. Stattdessen setzten wir unser Abendessen schweigend fort.

*

Großvater hatte uns im oberen Stockwerk ein Schlafzimmer vorbereitet. Ich war todmüde und konnte es kaum erwarten, schlafen zu dürfen. Leonore lag in ihrem Pyjama unter mir im Doppelstockbett. Papa half ihr beim Zähneputzen und führte die Zahnbürste vorsichtig durch ihren Mund. Eigentlich konnte Leonore das selbst. Aber seit Mama gestorben war, verhielt sie sich oft wie ein Kleinkind, das sich nicht die Schuhe zubinden konnte oder Hilfe brauchte, beim Po abwischen. Papa ließ es zu, wie er auch Lina und mir immer wieder versicherte, dass wir nicht alles so gut können müssten, wie wir es schon konnten. Nicht jetzt, wo alles so schwer war. Ich glaubte auch hier, dass er es gut meinte, aber ich wollte jetzt gar kein Verständnis, weil ich ahnte, dass Papa das alles selbst nicht verstand. Ich wollte einfach nur stark sein, um auszuhalten, was niemand bisher beantworten konnte.

Lina kam aus dem Bad und kletterte in das Bett neben uns. Ich schaute über die Bettkante gebeugt zu ihnen herunter.

„Willst du ausspucken?", fragte Papa.

Leonore schüttelte den Kopf und schluckte den Schaum herunter.

Papa streichelte ihr das Gesicht. „Kriegst du das in der nächsten Zeit auch allein hin?"

Leonore nickte und senkte traurig den Blick.

Papa küsste sie auf die Stirn. „Sonst frag deine Schwestern." Er sah uns an. „Ihr sollt immer füreinander da sein, hört ihr?"

Wir nickten.

Papa schaute uns weiter an und suchte in unseren Blicken, ob wir auch verstanden hatten, was es bedeutete, *füreinander da zu sein*, wenn sich alles um einen herum als so zerbrechlich und verletzlich anfühlte.

Wir nickten wieder, aber diesmal deutlicher und – nachdem wir Schwestern uns verstohlen in den Blick genommen hatten – diesmal im Gleichtakt.

„Okay", sagte Papa und richtete sich auf.

Jetzt war es Leonore, die die Frage stellte, die uns allen drei auf den Lippen brannte: „Sollen wir wirklich ohne dich hierbleiben?"

Papa schaute uns an. Er suchte nach einer Antwort und ich setzte meiner Schwester nach. „Warum kannst du nicht wenigstens für eine Zeit bleiben?"

Papa trat an mein Bett und strich mir durchs Haar. „Schatz, es ist so viel liegen geblieben in letzter Zeit." Er schaute zu Leonore und Lina nach unten. „Ihr wisst, ich habe meine Aufträge in der Tischlerei nicht bearbeiten können. Mama hat bis zu ihrer Krankheit auch mitverdient. Jetzt hat alles nur gekostet. Die Werkstatt braucht mich, sonst haben wir bald kein Geld mehr."

Lina meinte, wir könnten ihm doch helfen, aber Papa schüttelte den Kopf. „Wie soll das gehen?", fragte er. „Ich glaube, ihr müsst selbst einmal zur Ruhe kommen und etwas Neues erleben. Die neue Umgebung ist vielleicht auch toll. Stellt euch vor, was ihr hier am Meer erleben könnt, ohne die Erinnerung an Mama."

„Ich will aber die Erinnerung an Mama!", protestierte Lina.

„Ja, ich weiß", lenkte Papa ein. „So habe ich das auch nicht gemeint". Papa sackte für einen Moment in sich zusammen. Dann aber hob er den Blick und schaute mich und meine Schwestern abwechselnd direkt an.

„Es ist nur für den Sommer. Im Herbst seid ihr dann wieder zuhause, OK?"

Niemand von uns fiel ein, was wir erwidern konnten.

„Versprochen?", fragte Leonore in das entstandene Schweigen hinein.

Papa nickte. „Wenn ihr mit Mama in Verbindung bleiben wollt, solltet ihr euren Großvater kennenlernen. Er kann euch viel darüber erzählen, wie sie war, als sie so alt war wie ihr jetzt – und darüber hinaus auch noch viel mehr."

Eine Pause entstand. Niemand von uns wusste etwas zu entgegnen.

Papa schaute auf und fragte: „Mama-Funk?".

Wir sahen uns an und sprangen aus den Betten, streckten die Arme aus und ergriffen gegenseitig die Hände. Papa schloss den Kreis und betete mit geschlossenen Augen: „Liebe Mama, wo du jetzt auch bist, wir hoffen, dass es dir gut geht. Wir vermissen dich hier bei uns sehr. Wir sind jetzt bei Opa auf der Insel, hier wo du aufgewachsen bist. Stine, Lina und

Leonore bleiben die nächsten Wochen hier. Behalte sie im Auge und behüte sie, wenn du kannst".

Papa wusste irgendwie nicht weiter. Blinzelnd öffnete er die Augen. Ich sah es, weil auch ich die Augen geöffnet hatte. Doch als Leonore plötzlich das Wort ergriff, machte er sie wieder zu.

„Mama!" rief sie in den Raum.

Lina, Papa und ich schauten uns kurz an. Aber Leonore hielt ihre Augen fest geschlossen. „Kannst du nicht zurückkommen? Wir brauchen dich doch hier. Ohne dich ist alles nur traurig."

Leonore öffnete die Augen. Wir schauten uns an, warteten und lauschten in die Stille.

Lina meinte schließlich, Mama habe im Himmel vielleicht zu viel zu tun. Ich sagte, sie antworte vielleicht später. Lina, Papa und ich schauten uns an. Auch Leonore hob den Kopf. Sie wusste, dass keine Antwort kommen würde.

Wir kletterten zurück in unsere Betten. Papa nahm uns nacheinander in den Arm und küsste uns. Dann ging er hinaus, löschte das Licht und schloss die Tür.

Ich lag einen Moment wach und merkte, dass ich noch einmal auf die Toilette musste. Also stieg ich die Leiter herunter und öffnete die Tür zur Galerie im oberen Stockwerk. Im Vorbeilaufen sah ich Papa, wie er vor dem großen Fenster im Wohnzimmer stand und auf das Meer schaute.

Als ich aus dem Bad zurückkam, stand Großvater neben ihm. Ich blieb stehen und sah zu ihnen herunter.

„Jetzt sind wir beide allein", hörte ich meinen Großvater sagen.

Papa sah ihn an. „Sie waren wohl beide die bessere Hälfte von uns gewesen", sagte er. Ich verstand nicht wirklich, was er damit sagen wollte. Aber Großvater schien ihn zu verstehen und nickte ihm zu.

„Kommt ihr klar?", hörte ich meinen Großvater fragen.

Papa wirkte unsicher. „Ich weiß nicht", sagte er, „Finja hatte mitverdient. Doch jetzt ist alles knapp und wir müssen versuchen, zurecht zu kommen."

„Wieviel?", fragte Großvater.

Papa sah ihn unsicher an. „Zu viel. Erst die lange Zeit der Krankheit, dann die Beerdigung, aber auch die Werkstatt, einfach alles," Papa zögerte. „Es sind so viele Kredite. Am Ende schulde ich der Bank allein für die Werkstatt mehr als wir gemeinsam vorher hatten."

Großvater schaute meinen Vater überrascht an. Dann nickte er.

„Ich muss sehen, wie es läuft und brauche Zeit", sagte Papa und sah hinaus aufs Meer. Großvater folgte seinem Blick.

*

Ich schlüpfte zurück in mein Bett und suchte Schutz und Wärme unter meiner Decke.

Leonore kletterte die Leiter zu meinem Bett nach oben und sah mich an.

„Darf ich?", fragte sie und ich nickte.

Leonore wartete keinen weiteren Moment und kroch zu mir unter die Decke.

„Gute Nacht!", rief Lina uns von unten zu.

„Auch dir eine gute Nacht", wünschten wir nach unten zurück.

Ich nahm Leonore fest in meine Arme und streichelte ihr über das Haar. Dann fielen mir die Augen zu.

FREMDSEIN

Obwohl eigentlich Sommer war, stieg Dunst aus den Feldern neben dem Deich auf und verhüllte die Sonne über einer Baumgruppe am Horizont. Auf der anderen Seite schwappte das Meer in seichten Wellen auf den Strand. Eigentlich sah es schön aus. Bei uns zuhause gab es nie Nebel. Mir war ein wenig kalt. Leonore, Lina und ich liefen entlang dem schmalen Pfad auf der Kuppe des Deiches, müde von einer viel zu kurzen Nacht und versuchten, mit Papa Schritt zu halten. Ich schaute über meine Schulter zurück und sah Großvaters Leuchtturm.

Plötzlich blieb Lina stehen und rief Papa hinterher:

„Wieso müssen wir hier überhaupt in die Schule gehen? Unsere Schule ist doch zuhause?".

Papa verlangsamte seinen Lauf und wendete sich uns zu. Erst hob, dann senkte er die Arme. Er wirkte erschöpft und seine Stimme klang seltsam nüchtern. „Jetzt seid ihr hier. Und die Schulpflicht besteht für alle Kinder zu jeder Zeit, egal wo ihr seid." Er schaute uns verständnissuchend an.

Ich glaubte ihm diesmal, dass er keine andere Antwort wusste.

Lina war anderer Meinung und verdrehte die Augen.

„Hey, was ist los mit euch?", fragte Papa und lief uns zugewandt und mit offenen Armen im Rückwärtsgang voraus. Voller Begeisterung riss er die Arme nach oben. „Wovor habt ihr Angst? Wenn Mama im Himmel ist, wird sie sicher auf euch aufpassen. Ganz egal wo ihr seid." Er suchte mit seinem

Blick in dem Dunst über uns nach den Wolken oder nach etwas, das wie Himmel aussah. „Ihr werdet sicher total megacoole Schulfreunde treffen und könnt jede Menge Spaß haben."

Wir waren stehengeblieben und schauten Papa an. Er wirkte wie ein Entertainer im Fernsehen, der eine Show moderierte. Ich mochte es nicht, wenn Erwachsene gegenüber Kindern Begriffe verwendeten, von denen sie glaubten, dass sie Kinder ihrem Alter entsprechend verwenden, als würden sie sich über das gleiche mit den gleichen Gefühlen unterhalten. Ich konnte die Welt von Erwachsenen oft nicht verstehen. Sie redeten viel über gute Gründe und hatten schwer zu entkräftende Einwände. Aber das machte unsere Ideen und Gedanken nicht schwächer. Auch wenn wir am Ende unterlagen. Wenn sie sich mit uns gleich machen wollten, war mir das oft unangenehm. Ich schaute zu Lina und glaubte, dass es ihr ähnlich ging. Uns war klar, dass wir hier nicht gewinnen konnten. Wir senkten den Blick und trotteten einfach weiter an Papa vorbei. Ich schaute mich nur kurz um. Papa sah uns nach und senkte die Arme.

*

Die Schule lag auf einer Anhöhe. Dahinter herrschte überraschend klare Sicht und blauer Himmel. Vom Vorplatz mit dem Zaun drumherum konnte man weit über die Wipfel der umliegenden Wälder bis hin zur Küste und dem offenen Meer sehen. Papa lächelte uns aufmunternd zu. Dann öffnete er die schwere Eichentür und ließ uns eintreten. Wir stiegen ein paar Stufen einer Steintreppe hinauf und blieben in einer Art Empfangssaal mit vielen Säulen stehen. Es war ein altes Gebäude und für eine Schule in dieser wenig bewohnten Gegend ungewöhnlich pompös. Das Wort hatte ich bei Mama gelernt. Es

25

beschrieb eine Sache, die übertrieben prächtig in ihrer Ausstattung war.

Eine Frau kam uns über eine weitere Treppe entgegen und lief auf uns zu. Sie wirkte nett, sah uns fröhlich an und schenkte meinem Vater ein kurzes Lächeln.

„Hallo", sagt sie.

Auch Papa lächelte. Es war ein kurzes, aber schönes Lächeln, wie ich es von ihm schon seit längerem nicht mehr gesehen hatte.

Sie schauten sich an, als würden sie einander schon sehr lange kennen. Aber irgendetwas hinderte sie offenbar, es auszusprechen und aufeinander zuzugehen. Und irgendwas an der Situation mochte ich, auch wenn ich es nicht wirklich verstand.

Dann beugte sich die Frau ein wenig vor, stemmte die Arme in die Hüfte und schaute uns freundlich an.

„Hey hallo und herzlich willkommen bei uns", sagte sie, „ich bin Malou Dalgau, eure Lehrerin und ihr seid sicherlich…". Sie nahm uns der Reihe nach ins Visier. „Stine, Lina und Leonore?"

Wir nickten unsicher.

„Wusstet ihr, dass ich eure Mama gekannt habe?", fragte sie.

Wir waren überrascht.

„Wir sind zusammen zur Schule gegangen. Genau hier."

„Wirklich?" Leonore blickte sie mit großen Augen an.

„Ja, Finja, deine Mama, kam ja von hier und da hier alles nicht sehr groß ist - nicht so groß, wie in der Stadt, in der ihr lebt - haben wir uns natürlich gekannt. Wir waren sogar beste Freundinnen."

„In echt jetzt?", fragte Leonore.

Die Lehrerin lächelte milde und nickte. „Ja, wirklich. Ich erzähle euch gerne mal, was wir alles zusammen so angestellt haben. Manches war wirklich schräg oder lustig."

Wir waren plötzlich sehr aufgeregt. Aber die Lehrerin beschwichtigte uns.

„Wartet kurz. Ich zeige euch gleich eure neue Klasse, für den Sommer, den ihr hier bei uns seid."

Wir nickten. Dann erhob sie sich wieder und wendete sich an meinen Vater.

„Hallo", sagte sie und streckte ihm offenherzig ihre Hand entgegen.

Papa ergriff sie vorsichtig.

„Hallo, ich bin Finn", stellte sich Papa vor und wirkte seltsam unsicher. Auch Frau Dalgau machte auf mich einen komischen Eindruck. Das war wieder so ein Erwachsenending. Beide waren irgendwie verlegen. Aber niemand von ihnen sagte, was eigentlich Sache war. Ich hatte so ein Gefühl, dass mehr dahintersteckte.

„Als Finja ging, haben wir uns gestritten", sagte Frau Dalgau zu meinem Vater. „Ich wollte natürlich, dass sie bleibt. Aber sie hatte ihre Gründe. Ich glaube, wir haben uns versöhnt. Das Letzte, was sie schrieb, war, dass sie einen netten Mann kennengelernt hatte."

Die Namensgleichheit sei ihr ein Zeichen gewesen. „Ich nehme an, dass müssen…" Sie zögerte, weil sie offenbar nicht wusste, ob sie nun *du* oder *Sie* sagen sollte, entschied sich aber dann: „…müsstest du sein", sagte sie verlegen.

Papa war überrascht, und lächelte unsicher. „Ich weiß nicht. Vielleicht war es falsch hierher zu kommen", sagte er und warf uns einen kurzen Blick zu. „Die Kinder sind sehr irritiert. Vielleicht…," dann stockte er.

Die Lehrerin ergriff tröstend seinen Arm. „Es ist eine gute Idee, sie hierher zu bringen", sagte sie und sah meinem Papa fest in die Augen.

„Finja hatte diesen Ort geliebt." Sie zuckte kurz mit den Schultern. „Bis sie einen besseren gefunden hatte."

Sie sah uns an. Ihr freundliches Gesicht wärmte mich auf. Auch Lina und Leonore verschwiegen ihren üblichen Protest gegenüber allem, was unseren gemeinsamen Widerstand ausdrücken konnte.

„Ich werde gut auf sie aufpassen." Sie drückte fest seinen Arm und lächelte Papa an. Dann ließ sie los.

Papa nickte dankbar. Dann kniete er zu uns nieder.

Ich wusste, dass Mama von der Insel weggegangen war, um Literatur zu studieren. Sie hatte Bücher geliebt. Bücher und Sprache waren ihr immer wichtig. Sie las uns gute Bücher vor und zeigte uns, dass es oft viele ähnliche Worte gab, um das gleiche zu beschreiben, und meinte, dass es immer wieder schwierig sei, die richtige Beschreibung zu finden, für das, was man erzählen wollte. Ich erinnere mich daran, dass wir es häufig miteinander geübt hatten. Wenn ich ihr etwas erzählt hatte, was mir in der Schule passiert war, fragte sie mich beispielsweise, wie ich es einer Person erzählen würde, die uns gar nicht kannte. Mama machte daraus ein Spiel. Und ich liebte es. Wir verbrachten viel Zeit damit und hin und wieder nickte Mama zufrieden, wenn sie fand, dass ich es so erzählte, dass es in ihren Ohren gut klang. Oder sie sagte einen Satz und ich sollte ihn wiederholen, aber ich durfte keines ihrer Worte verwenden. Sprache sei eine Kunst, sagte sie immer wieder, wie das, was Papa aus Holz machte. Und ich verstand, was sie meinte, weil Papa unglaublich schöne Dinge bauen konnte. Und ich fühlte schon damals, dass, wenn ich älter sein würde, auch ich unbedingt schreiben, Geschichten erzählen oder Journalistin sein wollte, so wie Mama es gewesen war, bis sie so krank wurde.

Jetzt war der Moment gekommen, in dem wir uns verabschieden mussten. Papa meinte: „Hier kommen ganz neue Erlebnisse auf euch zu. Und ich bin gespannt, wie ihr sie meistern werdet."

Er nahm uns nacheinander in den Arm. Dann erhob er sich.

Wir nickten ihm zu. Die Lehrerin winkte uns aufmunternd zu, ihr zu folgen und verabschiedete sich mit einem kaum merklichen Kopfnicken von meinem Vater. Wir schauten Papa hinterher und winkten. Dann folgten wir ihr über die Treppe nach oben. Papa winkte uns nach, bis er hinter der obersten Stufe verschwunden war.

„Seid nicht überrascht", sagte Frau Dalgau, während wir ihr über den Flur hinterherliefen, „zuhause bei euch seid ihr sicher alle in verschiedene Klassen gegangen, aber hier ist es anders. Hier auf der Insel werden alle Kinder gemeinsam unterrichtet."

Ich war irritiert und blieb im Flur stehen. Aus meiner Grundschule kannte ich natürlich jahrgangsübergreifenden Unterricht, aber seit der Sechsten waren wir in der Klasse alle gleichen Alters. Wieso sollte ich auch jetzt noch lernen, was ich längst konnte.

Frau Dalgau blickte zu mir zurück und sah mich an, als wenn sie genau verstand, was meine Frage war. Sie nickte mir mit einem Lächeln zu. „Keine Angst. Du wirst sehen, dass du deinen Platz finden wirst."

Frau Dalgau wies uns durch eine offene Tür in den Klassenraum, der sehr hell erschien, weil durch große Fenster Licht in den Raum strömte und den Blick aus einiger Höhe über angrenzende Wälder auf die naheliegende Küste und das offene Meer dahinter freigab. Alle Kinder schauten uns an. Es gab gar keine Tische, wie in unserer Schule zuhause. Stattdessen saßen alle im Halbrund auf Stufen neben und hintereinander, wie auf einer Tribüne. Leonore, Lina und ich warfen uns einen fragenden Blick zu. Wir waren alle unsicher darüber, was jetzt passieren sollte.

„Hey, hört mal zu", rief die Lehrerin. „Ich möchte euch drei neue Schülerinnen vorstellen, die uns für den Sommer besuchen werden. Das sind Stine, Lina und Leonore."

Ich fühlte mich zunehmend unwohl, wie auf einem Marktplatz. Ich mochte es nicht, wenn alle mich anstarrten. Meine Schwestern hingegen wirkten, als würde ihnen die Aufmerksamkeit keine Probleme bereiten. Aber die Lehrerin schien zu merken, dass es mir schwerfiel, mich auf die Situation einzustellen.

„Sscht!", machte sie und hob den Finger zur Klasse, bevor sie ihn auf ihre Lippen legte. Niemand sagte ein Wort. Alle schauten aufmerksam nach vorne. Ich war irritiert, weil ich Häme und Spott erwartet hatte, so wie das in meiner Schule üblich war, aber hier machte niemand einen blöden Kommentar. Alle sahen uns nur an.

Die Lehrerin beugte sich leicht zur Klasse vor und hob die Stimme.

„Die Mama von ihnen hat hier auch einmal gelebt. Ihr Großvater betrieb den Leuchtturm, der heute nicht mehr aktiv ist, wie ihr wisst."

Sie machte eine kurze Pause.

„Sie war auch meine Freundin. Also seid nett zu den dreien. Ich hoffe, ihr heißt sie alle willkommen."

Die Kinder fingen tatsächlich an zu klatschen.

Ein Junge fragte laut in die Klasse, warum dann die Mutter nicht einfach mitgekommen sei. Er guckte sich triumphierend um. Manche in der Klasse nickten ihm lächelnd zu.

Ich erschrak. Die Lehrerin taxierte ihn und rief laut nach ihm.

„Tom!"

Der Junge sah sie an und hielt inne. Auch das Grinsen der anderen erstarb.

„Tom", wiederholte sie und ihre Stimme war jetzt deutlich milder. „Ihre Mama ist im Frühling gestorben."

Das Lächeln in seinem Gesicht erstarrte und er wirkte plötzlich sehr verunsichert.

„Ok, das wusstest du natürlich nicht," versuchte sie ihn zu beruhigen.

Ich weiß nicht, was passierte, aber plötzlich wurde mir alles viel zu viel. Wieso redeten jetzt alle über meine Mutter und was ging sie das alles an? Ich wollte, dass es aufhörte und ich wollte vor allem weit weg von hier sein.

„Es geht auch niemand etwas an", schrie ich mit einem Mal so laut ich konnte. Ich war außer mir und wusste nicht mehr, was ich tue. Aber plötzlich griff mich eine Hand. Die Lehrerin nahm mich in den Arm. Erst wehrte ich mich, dann ließ ich los. Alle, die Lehrerin, Lina, Leonore, der Junge und die Kinder verstummten. Eine Pause entstand. Die Lehrerin schaute mich an.

„Du hast recht", sagte sie. „Niemand geht es an, was es bedeutet, seine Mutter zu verlieren."

Ich sank in ihre Arme und es fühlte sich irgendwie gut an, so gehalten zu werden. Außerdem roch sie gut. Irgendwie nach Blumen, fast so, wie Mama. Sie strich mir über den

Rücken und ich wurde ruhig. Wir ließen voneinander los und schauten uns an.

„Ich vermisse sie auch", sagte sie.

„OK", sagte ich und versuchte jetzt ihrem Blick auszuweichen, weil ich mich für meine Reaktion schämte.

„Bereit?", fragte sie.

Ich zögerte, dann nickte ich.

„OK", wiederholte sie und wendete sich zur Klasse.

Die Lehrerin schob Lina nach vorne. Meine Schwester wehrte sich nicht und schaute in den Klassenraum.

„Schau, vorne links sitzt Paula. Neben ihr ist Platz."

Lina folgte ihrem Blick, stieg die erste Sitzreihe hinauf und setzte sich unsicher neben ihre neue Nachbarin. Das Mädchen neben ihr freute sich und schenkte ihr ein Lächeln. Lina und sie gaben sich high-Five.

Leonore wartete gar nicht erst, einen Platz zugewiesen zu bekommen und lief direkt auf einen freien Sitz neben einem Jungen in der zweiten Reihe zu. Irritiert schaute er auf, aber als Leonore sich setzte und ihn selbstbewusst anlächelte, lächelte auch er.

Frau Dalgau folgte ihr mit ihrem Blick.

Auch ich schaute meinen Schwestern nach und war überrascht, in diesem Moment so beispielhaft vor Augen zu sehen, auf welche Weise wir Geschwister uns doch voneinander unterschieden. Dabei gehörten wir doch alle drei zusammen. Ich wusste nicht, wie es sich erklären ließ, aber manchmal, wenn ich über unsere Familie nachdachte, hatte ich den Eindruck, dass wir alle so sehr unterschiedlich waren, wie wir die Dinge um uns herum wahrnahmen. Auch wenn wir doch alle gemeinsam die gleichen Erfahrungen gemacht hatten. Warum entschieden wir dann nicht alle zusammen und teilten immer das gleiche Gefühl. Wieso waren wir stattdessen immer alle anderer Meinung? War nur meine Familie falsch oder war das auch in anderen Familien so? Vielleicht musste das auch einmal wissenschaftlich untersucht werden. Ich nahm mir vor, dass auch in meinem Aufgabenheft zu notieren, in dem ich alles aufschreiben wollte, was ich nicht verstand.

Ich glaubte bisher, dass Kinder geboren werden und Familien einfach so entstehen. Und ich fand es irgendwie komisch, dass wir Geschwister nebeneinander aufwuchsen und obwohl wir eigentlich gar keine andere Möglichkeit hatten, als die gleichen Erfahrungen zu machen, weil wir ja das gleiche Leben miteinander führten, wir uns doch so unterschiedlich entwickelt hatten. So, dass jemand, der von außen dazukäme, uns nicht der gleichen Familie zuordnen hätte können: Leonore war immer anders als ich. Ihr brauchte man nichts erklären. Sie war auf ihre Art immer speziell. Sie diktierte die Regeln ihrer Welt und hatte ihre eigene Sichtweise darauf. Sie wusste eigentlich immer, was sie wollte, und hatte auch keine Schwierigkeiten damit, darauf zu warten, dass es sich erfüllte. Und auch Lina war mir in vielen ihrer Entscheidungen fremd. Eigentlich entschied sie sich in jeder Streitfrage zwischen uns anders als ich. Manchmal erschien es mir, wie ein eingeübtes Spiel, nur, dass es am Ende kein Spiel war und wir uns wie Feindinnen gegenüberstanden. Ich wollte es gerne verstehen, weil ich meine Schwestern mochte, auch wenn sie mich immer wieder zur Weißglut trieben, und ich wusste, ich würde immer zu ihnen halten. Trotzdem tickten wir alle anders. Warum war das so? Zählten unsere gemeinsamen Erfahrungen gar nicht? Oder hatten wir alle aus unseren gemeinsamen Erlebnissen nur andere Schlüsse gezogen und andere Entscheidungen getroffen? Meine Schwestern blieben mir ein Geheimnis, auch wenn sie die Menschen waren, die ich am besten zu kennen glaubte.

Ich blickte zu der Lehrerin. Sie schaute in den Klassenraum und ich sah, dass sie ratlos war. Ich folgte ihrem Blick und verstand: alle Plätze in den ersten beiden Reihen waren belegt. Für mich gab es keinen Platz. Nur die oberste Stufe war völlig frei.

Frau Dalgau schaute mich verlegen an. „Vielleicht nimmst du erstmal oben Platz," sagte sie. „Such dir aus, wo du sitzen möchtest. Wir finden sicher einen besseren für dich."

Ich nickte ihr zu und war ehrlicherweise sogar froh darüber, meinen Platz allein einnehmen zu können, ohne mir mit jemanden den Sitzplatz teilen zu müssen, der oder die mich sicher befragen wollte, woher ich käme, warum wir hier wären oder all die Dinge, über die ich wirklich gerade gar nicht reden mochte.

Der Junge, den die Lehrerin *Tom* nannte, drehte sich zu mir um. Wir schauten uns an. Dann wendete er sich wieder nach vorne. Sicher fand er mich jetzt sonderbar oder einfach bescheuert, weil ich so aufgeregt reagiert hatte: war mir aber egal!

*

Der Wind über dem Meer trieb die Wolken vor sich her. Lina, Leonore und ich lagen in den Dünen und schauten in den Nachthimmel. Um uns herum war es dunkel. Sanftes Licht schien aus Großvaters Fenstern zu uns herüber. Das Rauschen der Wellen hatte einen weichen, wiederkehrenden Klang, bis eine besonders große Welle krachend am Ufer brach. Wir schauten kurz auf und ließen uns wieder in unser Bett aus Sand, umgeben von Dünengras zurückfallen und schauten schweigend in den Nachthimmel.

„Wo Mama jetzt wohl ist?", wollte Leonore wissen.

Lina deutete auf einen besonders leuchtenden Stern am Himmel. „Vielleicht winkt sie uns ja gerade zu."

„Wo?", fragte Leonore aufgeregt.

„Streck deinen Zeigefinger aus", sagte Lina und zielte mit Leonores Arm in den Himmel. „Der da, der so blinkt. Da, siehst du ihn?"

Leonore suchte, dann erkannte sie, was meine Schwester meinte.

„Ja", rief Leonore begeistert.

Auch ich sah den flackernden Stern, verstand aber nicht, welchen Beweis er brachte. Wahrscheinlich flackerte er, weil sich das Licht des Sterns irgendwo am Himmel brach. Ich wusste nicht mehr, wie das hieß, aber im Unterricht in der Schule zuhause hatte es der Lehrer mal erklärt: Sterne flackerten eben einfach. Es hatte etwas mit der Atmosphäre, um unsere Erde zu tun. Ich schaute meine Schwestern von der Seite her an. Sie schienen von der Idee, dass Mama jetzt auf einer Millionen Lichtjahre entfernten Sonne weiterlebte, wo es wahrscheinlich ebenso mehrere Millionen Grad heiß war, und uns durch das Blinken ihres Sterns zuzwinkern wollte, völlig begeistert, und winkten ihrerseits in den Himmel.

„Woher wollt ihr das wissen?", fragte ich schroff und richtete mich auf. Leonore und Lina schauten mich überrascht an.

Ich wollte einfach nur weg und lief los.

Lina rief mir hinterher. „Wo glaubst du denn, wo Mama jetzt ist."

Ich hatte darauf keine Antwort und lief einfach weiter. Doch dann blieb ich stehen. Ich wusste ja, was wir alle wussten: die einzige Gewissheit, die wir gemeinsam hatten. Abrupt blieb ich stehen, kehrte um und beugte mich dicht über Linas

Gesicht. „Auf dem Friedhof. Weißt du noch? Dort, wo wir sie begraben haben."

Lina starrte mich erschrocken an. Sie war auf meine Reaktion nicht gefasst gewesen. Dann drehte ich mich weg und stapfte durch den tiefen Dünensand zurück zu Großvaters Haus.

HIERSEIN

Großvater hatte den Frühstückstisch im Wohnzimmer vor dem großen Panoramafenster gedeckt. Im Hintergrund verkündete der Seefunk aktuelle Funkmeldungen der vorbeifahrenden Schiffe aus einem Lautsprecher. Wir stiegen schlaftrunken die Wendeltreppe herunter, durchquerten das Wohnzimmer und setzten uns an den großen Tisch.

„Ihr seid spät dran", ermahnte uns Großvater. „Eure Schule beginnt in einer Dreiviertelstunde."

Wir nickten müde, wussten, dass er recht hatte, aber niemand von uns wollte in die neue Schule.

„Finn," setzte Großvater an und hielt inne. „Also Papa hat gesagt, dass ihr morgens gerne Müsli esst."

Wir nickten und griffen nach den Schüsseln, die Großvater für uns bereits gefüllt hatte. Reihum goss er uns Milch aus einem weißen Porzellankrug ein. Lina und ich begannen zu essen. Leonore starrte in ihre Schüssel, dann hob sie den Kopf.

„Sind da Rosinen drin?", fragte sie und schaute Großvater fragend an. Der blickte irritiert auf, als verstünde er die Frage nicht.

„Rosinen sind gut für euch", erwiderte er. „Sie haben Vitamine."

Leonore stocherte mit ihrem Löffel im Müsli an den dunklen Trauben vorbei. Lina und ich beobachteten sie, während wir weiteraßen. Großvater griff verunsichert nach der Müslipackung, die auf dem Tisch stand und studierte die Inhaltsstoffe auf der Rückseite.

„Ich glaube, es sind Cranberrys", verkündete er nach einer Weile und sah Leonore erwartungsvoll an.

Leonora schaute auf und nickte zufrieden. Sie begann zu essen, als wäre nichts gewesen. Großvater atmete auf, schenkte ihr aber einen kritischen Blick, den Leonore nicht wahrnahm. Lina und ich sahen uns an. Großvater fühlte sich ertappt und senkte den Blick. Lina versuchte den Moment zu überspielen.

„Was ist das aus dem Ding da?", fragte sie und deutet mit ihrem Kopf auf die Lautsprecher am Fenster.

Großvater folgte der Bewegung mit seinen Augen.

„Das ist der Seefunk", sagte er. „Alles, was auf See passiert und was Schiffe miteinander besprechen wollen, um nicht miteinander zusammenzustoßen, oder um sich gegenseitig zu informieren, wenn jemand auf See Hilfe braucht, wird hier miteinander ausgetauscht."

„Warum willst du das hören, Opa?", fragte Leonore und ließ ihren Löffel in ihre Schüssel sinken.

Großvater senkte den Kaffeebecher in seiner Hand, schaute zum Fenster und atmete tief ein. Dann hob er die Schultern, als wisse er selbst nicht genau, was er sagen sollte.

„Ich habe es mein Leben lang gehört und dann wurde es mein Beruf. Jetzt, wo ich in Rente bin und der Leuchtturm aufgegeben wurde, kann ich nicht mehr damit aufhören."

Wir schauten ihn an und auch Lina und ich hörten auf zu essen. Großvater dachte nach.

„Auf dem Meer sind wir allein und schutzlos. Wer in Gefahr gerät, ist lebensbedroht."

„Warum wurde denn dann der Leuchtturm aufgegeben?", wollte jetzt Lina wissen.

Großvater löste seinen Blick vom Fenster und schaute uns ruhig an. „Leuchtturmwärter gehören der Vergangenheit an", sagte er. „Es gibt heute neue Systeme, die über Satelliten alle wichtigen Informationen an die Schiffe weiterleiten. Jedes Schiff sendet permanent seinen Standort im Meer per GPS. Und alle Leuchttürme werden heute über weit entfernte Zentralen gesteuert."

Lina widersprach: „Aber der Leuchtturm ist doch noch da!"

Großvater hob beschwichtigend die Hände vor sich und meinte, tatsächlich sei dieser Leuchtturm der letzte gewesen, der noch aktiv geblieben sei. Es hatte technische Probleme mit der Fernsteuerung wegen der Insellage gegeben. Deshalb blieb dieser Leuchtturm noch bis vor ein paar Jahren aktiv. Doch jetzt hatten sich auch die Handelswege der großen Schiffe verschoben. Es führten kaum noch Schiffe an diesem Küstenstreifen vorbei. Der Lichtstrahl des Leuchtturms könnte sie gar nicht mehr erreichen. Der Leuchtturm würde heute einfach nicht mehr gebraucht werden.

Großvater versank ins Schweigen und dachte nach.

Wir schauten uns an und wussten nicht recht, was wir sagen sollten.

Großvater erwachte und ermahnte uns.

„Esst", sagte er. „Gleich beginnt der Unterricht."

Wir griffen wieder nach unseren Löffeln und beugten uns über unsere Schalen. Doch Lina hielt inne.

„Satelliten wissen vielleicht, wo die Schiffe sind, weil sie ein Signal aussenden", sagte sie. „Aber wenn jemand in Seenot ist, der kein Signal aussenden kann, wie findet man den?"

Großvater dachte nicht lange nach. Er wusste nur eine Antwort.

„Sie könnten einem Leuchtturm folgen."

„Aber dein Leuchtturm ist aus", sagte Leonore.

Großvater zog die Schultern nach oben und nickte.

*

Ich schaute mich unsicher auf dem Pausenhof um, kniete verlegen nieder, um mir umständlich die Schuhe zuzubinden. Es war genau der Moment, vor dem ich Angst hatte, als ich Papa bat, uns hier nicht allein zu lassen. Aber auch wenn ich seine Sorgen um die Werkstatt verstand, weil Geld doch immer wieder wichtig war, um die Miete für unsere Wohnung und alles, was wir zum Leben brauchten, bezahlen zu können, hatte ich doch mehr Angst, selbst hier bestehen zu können. Alles fühlte sich einfach nur unglaublich fremd an. Ich fühlte, wie mein Herz pochte und ich hoffte in jeder Sekunde, dass der Moment vorbei ginge und so etwas, wie Sicherheit entstand. Unterricht konnte so etwas sein, wenn ich in hinterster Reihe in Deckung blieb und einfach nur schweigend nach vorne starren und aufschreiben konnte, was die Lehrerin auf die Tafel schrieb: alles, nur keine Aufregung.

Plötzlich stand Theresa neben mir. Ich erkannte sie aus meiner neuen Klasse. Sie hatte unglaublich viele Sommersprossen in ihrem Gesicht und trug perfekt geflochtene Zöpfe. Sie schaute mich an und hielt mir eine Blume entgegen, die sie offenbar aus dem Beet am Eingangstor der Schule gepflückt hatte.

Ich starrte sie an, verstand nicht, was sie meinte.

„Es tut mir leid, dass deine Mama gestorben ist", sagte sie.

Sie streckte mir die Blume entgegen. Ich muss völlig bescheuert ausgesehen haben, sah ihre rehbraunen Augen, die mich unsicher, aber mit einem Lächeln fixierten. Ich reagierte wie ein Roboter und nahm die Blume an. Dann schaute ich

40

auf meine Hand, die die Blume hielt. Und plötzlich, als erwachte ich aus einem Traum, wurde mir klar, dass ich das alles hier als völlig falsch empfand. Hier wollte ich nicht ankommen, weil alles nicht war, wie ich es kannte. Ohne Mama war alles fremd und machte mir Angst. Und plötzlich spürte ich nur Wut. Wut darüber, dass alles jetzt ganz anders war, nur dass Mama jetzt nicht mehr bei uns war und alles doch irgendwie OK sein sollte – auch ohne sie. Es wirkte so sinnlos – so wie diese Blume.

Ich ließ die Blume fallen und bewegte mich wie der Roboter in mir auf Theresa zu.

„Du weißt gar nichts", sagte ich streng.

Theresa wich angstvoll zurück. Doch ich wollte, dass sie mich unmissverständlich verstand, ging weiter auf sie zu und schubste sie. Theresa hatte damit nicht gerechnet, stolperte rückwärts und fiel auf den Rücken. Sie starrte mich erschrocken und mit schmerzverzerrtem Gesicht an. Eine Erzieherin der Pausenaufsicht kam herbei und half ihr auf.

„Was ist hier los?", fragte sie aufgeregt. Aber ich hatte keine Lust zu antworten und stakste davon.

*

Die Nachmittagssonne strahlte durch das Fenster des Büros der Schulleiterin. Wir standen alle zusammen: Theresa, die Erzieherin aus der Pausenaufsicht, die Schulleiterin, Frau Dalgau, meine Lehrerin, Großvater und ich. Ich begriff, es ging um eine Art Gerichtsakt, bei dem ich mich aber bereits vorverurteilt fühlte. Ich hielt also meinen Blick gesenkt und wartete darauf, was kam.

„Ich verstehe, dass du wütend bist", sagte die Schulleiterin. Ich wusste, dass nicht nur sie mich anschaute. Auch die Blicke all der anderen konnte ich spüren. Vor allem den von Theresa.

41

Sie stand dicht an der Erzieherin am anderen Ende des Raumes.

„Niemand kann verstehen", fuhr die Schulleiterin fort, „warum deine Mutter so früh sterben musste. Aber du darfst deine Wut nicht an den Kindern deiner Klasse auslassen. Alle wollen dir schließlich nur helfen."

Ich glaubte, das war der Moment, wo ich anfing zu verstehen, was ich an allen Beileidsbekundungen um mich herum nicht verstehen konnte und was mich wahnsinnig vor Wut werden ließ: alle wollten helfen – nur am Ende taten sie es gar nicht. Niemand konnte in Wahrheit helfen, weil niemand wusste, wie das ging. Mama war tot und niemand konnte sie mir zurückbringen. Aber alle wollten unbedingt unterstützen und schauten mich doch immer nur hilflos an. Wieso ließen sie mich dann nicht wenigstens einfach in Ruhe?

„Ich will aber gar keine Hilfe!", schrie ich und hob kurz meinen Blick, aber ohne jemand dabei anzuschauen. Ich wollte gehen und schaute zur Tür, wusste aber, dass ich nicht entlassen war. Ich fühlte mich, wie in einer Falle.

Eine kurze Stille entstand. Niemand im Raum sagte etwas. Ich glaubte, auch die Schulleiterin, meine Lehrerin Frau Dalgau, und die Erzieherin hatten keinen Rat, wie sie mit mir verfahren sollten.

Doch plötzlich ergriff mich die Hand meines Großvaters. Sie umschloss mit seinen starken Händen meinen Arm und tat mir weh. Ich versuchte mich daraus zu lösen, doch Großvater hielt mich fest in seinem Griff. Ich schaute ihn wütend an.

„Stine!", rief er.

Ich sah aus dem Augenwinkel, dass die Schulleiterin, meine Lehrerin und die Erzieherin besorgte Blicke austauschten. Dann schaute ich meinem Großvater fest in die Augen.

„Dein Verhalten geht gar nicht", sagte er. „So verhält man sich nicht."

Ich wurde unsicher. Vielleicht hatte er sogar recht. Vielleicht hatte Theresa es gar nicht so gemeint, wie ich es empfunden hatte. Die Blume, ja sicher hatte sie eine gute Absicht damit gehabt. Aber zählten meine Gefühle stattdessen gar nicht? Ich fand alles irgendwie und einfach nur zu viel und ungerecht.

Großvater schien anderer Meinung. „So darfst du dich nicht verhalten", schimpfte er. „Willst du von anderen geschubst werden?".

Er drückte mit seinem Finger gegen meine Brust. Ich wich ängstlich zurück. Großvater folgte mir und schubste mich erneut. Es tat weh und ich spürte, die Kontrolle zu verlieren. Ich schaute ihn an. Ich glaubte, auch alle anderen im Raum taten das.

„Ich entschuldige mich", stammelte ich hervor.

Großvater blieb hartnäckig und beugte sich zu mir herunter.

„Du kannst dich nicht selbst entschulden. Du musst darum bitten. Sonst kann ja jeder jeden Fehler begehen, und sich anschließend selbst entschuldigen."

Er legte seine Hand auf meine Schulter, doch sein Griff war unerwartet weich. „Echt ist es erst, wenn jemand deine Bitte um Entschuldigung annimmt."

Ich verstand, was er meinte, und senkte den Blick. Es brauchte ein paar Atemzüge, bis ich bereit war.

„Es tut mir leid", sagte ich und drehte meinen Kopf zu Theresa aber ohne sie wirklich anzuschauen. „Kannst du mir verzeihen?"

Theresa sah unsicher zu Frau Dalgau und der Schulleiterin. Sie nickten. Dann nickte auch sie unsicher.

Alle schauten sich an, in Erwartung, was jetzt folgen sollte.

„Wir gehen jetzt", verkündete Großvater und niemand schien Einwände erheben zu wollen. Er streckte seine Hand aus und ich ergriff sie. Gemeinsam verließen wir das Büro der Schulleiterin.

*

Es war Abend geworden und ich lag im Bett. Meine Schwestern waren unter mir eingeschlafen, doch ich war unruhig und fand keinen Schlaf und blätterte durch das Video-Archiv meines Tablets. Ich tippte auf eines: zuerst erschien Mama, wie Lina, Leonore, Papa und Mama ausgelassen im Wohnzimmer zu Diskomusik miteinander tanzten. Papa versuchte sich immer wieder ganz vorne vor der Kamera in Szene zu setzen, was Mama und meine Schwestern aber nur spöttisch belächelten. Sie schauten augenrollend zur Kamera. Am Ende drehte ich die Kamera zum Selfie mit der Familie. Wir alle umarmten uns und lachten.

Ich schaltete das Video aus, legte das Tablet neben mich und starrte in die Dunkelheit.

GIFTIGE PILZE

Frau Dalgau stand an der Tafel und malte eine Linie auf das Whiteboard. Sie drehte sich um und schaute uns erwartungsvoll an.

„Lina, gestern hatten wir darüber gesprochen. Weißt du noch, was eine Gerade ist?"

Lina nickte, spickte in ihr Rechenheft und hob den Kopf. „Die Gerade ist eine Linie, die keinen Anfang hat und unendlich weiterläuft."

„Genau", sagte Frau Dalgau „könnt ihr euch das vorstellen?"

Wir starrten sie an.

„Das ist ganz schön schwierig, nicht wahr", sagte sie.

Dann nahm sie eine Taschenlampe vom Pult und knipste sie an. Der Strahl traf schwach auf die Rückwand des Klassenzimmers.

„Das Licht einer Taschenlampe, ist das auch eine Gerade?", fragte sie sachlich.

Wir folgten dem Licht. Mein Blick kreuzte den von Tom. Er schaute mich an und im gleichen Moment wieder an mir vorbei, bevor er sich nach vorne wendete. Ohne sich zu melden, sagte er laut, „Nein, er fängt in der Taschenlampe an und hört an der Wand auf".

Frau Dalgau fühlte sich ertappt. Das war offenbar nicht die Antwort, nach der sie fragte. Und nach einem kurzen Innehalten wendete sie sich zum Fenster und leuchtete hinaus aufs Meer.

„OK, was jetzt?", fragte sie.

„Wahrscheinlich hängt der Lichtstrahl an den Wolken", rief Tom.

Einige Kinder fingen an zu lachen. Die Lehrerin rollte mit den Augen.

„Aber morgen sind die Wolken weg", erwiderte sie geduldig.

„Und die Batterien sind leer", sagte Tom.

Jetzt lachten alle Kinder und auch Frau Dalgau musste grinsen.

„Wir vergessen jetzt mal die Taschenlampe", sagte sie und schaute die Klasse an. „Was ist mit dem Licht eines Leuchtturms?" Sie nickte kokett in Richtung von Tom und ergänzte, „in einer sternenklaren Nacht."

Ich wusste, was sie meinte, aber ich verstand auch, was Tom kritisierte, und hob den Finger.

Die Lehrerin nickte mir zu.

„Ja, Stine?"

Ich sagte: „Aber es stimmt. Das Licht hat einen Anfang aber dann, dann, es hat kein Ende."

Frau Dalgau gab mir recht. „Ganz genau. Und weißt du, wie man das nennt?"

Ich riet: „Lichtstrahl?"

Die Lehrerin schaute in die Klasse. „Licht ist die Form. Aber im Vergleich zu der Geraden - die nirgendwo beginnt und ins Unermessliche fortschreitet, ist es einfach nur…?". Sie sah mich fragend an.

„Ein Strahl!", rief ich aus.

„Genau, ein Strahl: eine Linie, die einen Anfang hat, aber kein Ende."

Ihr Blick ruhte für einen Moment auf mir. „Sehr gut, Stine."

Ich lächelte verlegen. Tom sah zu mir herüber.

„Ok. Stellt euch vor, ihr wollt von hier auf direktem Weg zu…", sie dachte nach, dann fiel ihr etwas ein: „Ennes Laden und ihren Süßigkeiten".

Die Kinder um mich herum grinsten, weil sie offenbar wussten, was sich hinter *Ennes Laden* und ihren Süßigkeiten verbarg. Auch Frau Dalgau lächelte. Ihr schien ein guter Scherz gelungen zu sein, den wir noch nicht verstehen konnten. Sie beruhigte sich aber wieder und schaute die Klasse an.

„Was aber ist die direkteste Verbindung zwischen diesen Punkten: hier und ihrem Laden?"

Tom riss den Arm nach oben und rief – ohne aufgerufen zu sein – in die Klasse hinein: „Luftlinie."

„Nicht schlecht", erwiderte Frau Dalgau. „Aber in der Mathematik kennen wir keine Luft. Oder haben wir dafür einen besseren Begriff?"

Tom starrte die Lehrerin enttäuscht an.

„Vielleicht *Weg*?", sagte ich und deutete eine Handmeldung an. Hier schien alles weniger streng zu laufen als in meiner Klasse zuhause.

„*Weg* ist gut", sagte Frau Dalgau. „Tatsächlich nennen wir in der Mathematik die kürzeste Verbindung *eine Strecke*. Aber *Weg* ist auch sehr gut."

Jetzt wollte Tom es genau wissen. „Also die Strecke ist die kürzeste Verbindung zwischen zwei Punkten?", fragte er.

Die Lehrerin nickte ihm zu. „Ja. Aber kannst du das auch beweisen?"

Tom war irritiert. „Aber sie haben es doch eben gesagt?"

Frau Dalgau sah ihn unschuldig an. „Aber was ist, wenn ich lüge. Beweise, dass ich Recht habe."

Tom war perplex und verstand nicht, warum seine Lehrerin lügen sollte. Er dachte nach, doch ihm fiel nichts ein. Ich schaute zu ihm hinüber. Auch er erwiderte kurz meinen Blick.

Die Lehrerin sah es und griff hinter ihr Pult und zog ein Seil hervor. Sie nahm beide Enden und zog den Rest davon hinter sich her. Vor der Tribüne blieb sie stehen und musterte uns. Dann stieg sie die Stufen zu mir hoch und gab mir die Seilenden in die Hände.

„Hast du vielleicht eine Idee?", fragte sie. Ich nahm die Enden und schaute auf den Rest des Seils am Boden.

Mir fiel unser letzter gemeinsamer Familienurlaub ein. Ich glaubte, es war der einzige, den wir jemals in einem Winter unternommen hatten, als Mama noch gesund gewesen war und wir einmal Skifahren waren. Ein teurer Urlaub, weil wir nicht nur das viele Benzin für die Fahrt, die Unterkunft in der Hütte, sondern auch die Skipässe für die Nutzung der Skilifte bezahlen mussten, ohne die wir gar nicht auf die Bergspitzen gekommen wären, um von ihnen herunterzufahren. Aber Mama und Papa wollten, dass wir auch diese Erfahrung machten. Und tatsächlich hatte es uns allen viel Spaß gemacht, wenn Papa oder Mama uns im Schlepptau nahmen und wir gemeinsam den Hang hinunter rutschten bis wir sicher genug wurden, um selbständig in vorsichtigen Bögen den Hang hinunterzufahren.

Aber was mich am meisten fasziniert hatte, war, dass, wenn wir an der Talstation wieder in die Gondel eingestiegen waren und wir in rasanter Geschwindigkeit an einem Seil über viele Träger höher und höher hinauf bis zur Bergstation getragen wurden: dieses Gleiten über die Höhen und die unendliche Stille, die du hörst, wenn du gar nichts hörst, weil in den schneeverhangenen Bergen totale Stille herrschte. Das hatte etwas sehr Friedliches. Dabei hatte ich mich gefragt, wieviel Kraft wohl auf dem Seil liegen musste, das uns über die ganze Höhe bis zur Endstation nach oben trug. Ich hatte keine Ahnung, was das für Motoren sein sollten, um das ziehen zu können.

Ich schaute auf das Seil am Boden. Dann fiel mir etwas ein. Ich nahm das andere Ende des Seils, ging auf Tom zu und gab es ihm in die Hände.

Tom nahm es und schaute mich erstaunt an.

„Halte fest", sagte ich.

Tom verstärkte seinen Griff auf das Seil und sah mir irritiert hinterher, während ich mich die Treppe hinunter und durch den Raum von ihm wegbewegte und das Seil durch meine Hand laufen ließ. Dann drehte ich mich um. Frau Dalgau und die Kinder richteten ihre Blicke auf uns. Auch Lina und Leonore sahen mich erwartungsvoll an.

„OK?", fragte ich.

Tom nickte, unsicher darüber, was ihn erwartete, doch er hielt das Seil fest in seinen Händen.

Mit einem Ruck zog ich so fest an dem Seil, dass es zwischen den Schülerinnen und Schülern auf der ersten Stufe der Tribüne hervorschnellte und einige lose Blätter durch die Luft wirbelte. Die Kinder schauten aufgeregt auf.

Tom schwankte kurz, doch griff fester nach dem Seil und hielt dagegen. Mir begann es Spaß zu machen.

„Spannung!", rief ich aus. „Spannung schafft, dass zwei Punkte eine Strecke bilden."

Frau Dalgau lächelte.

„Ganz genau, Stine. Sehr gut." Frau Dalgau klatschte in die Hände. „Alles, was im Ungleichgewicht ist, wird durch Spannung stabilisiert."

Ich freute mich und ließ das Seil los. Auch Tom ließ ab und schaute zu mir herüber. Er schien beeindruckt. Ich lächelte verlegen. Dann wich ich seinem Blick aus.

Als die Schlussglocke des Tages klingelte und der Unterricht vorbei war, griffen alle Kinder nach ihren Schulranzen und verließen unaufgefordert den Klassenraum. Auch ich folgte ihnen aber Frau Dalgau winkte mich zu sich.

„Das war gut, wie du dich eingebracht hast," sagte sie.

Ich lächelte dankbar.

„Ich wollte dich fragen", sagte sie und es schien, als ob sie überlegen musste, bevor sie es aussprach. „Wir haben ausgemacht, dass alle von Zeit zu Zeit etwas vor der Klasse vortragen, etwas, woran ihr arbeitet oder was euch beschäftigt. Tom hat uns beispielsweise vor kurzem etwas über griechische Götter und Mythologien erzählt, weil ihn das gerade besonders interessiert hat. Das war auch sehr spannend. Vielleicht willst du uns auch mal etwas vorstellen. Was meinst du?"

Ich war mir unsicher, dachte nach. Eigentlich fühlte ich mich fremd hier und suchte nach Sicherheit. Aber auf der anderen Seite wollte ich auch mein Ziel erreichen, irgendwo anzukommen. Und ein Thema hatte ich ja eigentlich schon.

Ich schaute meine Lehrerin an und sagte vorsichtig „Gut."

Sie lächelte und nickte mir zu. Dann wendete ich mich ab und folgte den anderen hinaus.

*

Ich stand vor dem Gebäude, ähnlich wie das der Schule aber mit großen Fenstern zur Hauptstraße. Zögerlich betrat ich die öffentliche Bibliothek der Insel, schaute mich unsicher um. Auf eine bestimmte Art sahen alle Bibliotheken offenbar gleich aus. Sogar hier, wo mir schien, dass die Zeit stehen geblieben war. Ich liebte die Bibliothek bei uns zu Hause. In ihr war ich groß geworden, hatte Ewigkeiten erst nach Bilderbüchern, dann nach Romanen gesucht. Während alle meine Schulfreundinnen zuhause eigentlich alles, was sie interessierte, auf ihren Mobiltelefonen oder ihren Tablets im Internet nachschauten, war ich immer noch gerne hier und nahm die Bücher selbst aus dem Regal in meine Hände. Das war irgendwie anders und fühlte sich nicht so künstlich an. Und es erinnerte mich an Mama, wie sie mit mir gemeinsam durch die Reihen der Bücherregale gegangen war und mir geholfen hatte, das zu finden, was mich gerade am meisten interessierte.

Vorsichtig trat ich an den Empfangstresen. Die Bibliothekarin, eine ältere Frau mit blond gefärbten Strähnen in den Haaren, schaute mich erwartungsvoll an.

„Haben Sie etwas über Wunder?", fragte ich und schaute durch eine gläserne Wand mit einer Tür darin auf die Bücherregale im Lesesaal.

Die Bibliothekarin blickte auf und fixierte mich mit strengem Blick. Dann wendete sie sich zu einem Computer und tippte in ein Eingabefeld auf dem Display.

„Meinst du Wunder im Allgemeinen oder etwas zu Mystery?"

Sie musterte mich.

„Nein", sagte ich.

„Also zu Harry Potter hätten wir viel", sagte sie.

„Nein. Ich meine *echte Wunder*", protestierte ich.

Die Bibliothekarin sah mich wieder an. Dann schaute sie auf ihren Bildschirm.

„Echte, wirklich echte Wunder?"

„Ja", sagte ich erwartungsvoll.

Sie fixierte ihren Computerbildschirm und gab verschiedene Suchbegriffe ein. Dann sah sie auf.

„Tut mir leid. Wenn du willst, sehe ich nach, ob es auf dem Festland etwas in der Richtung gibt. Aber es dauert in der Regel sechs bis acht Wochen, bis es hier ist. Soll ich nachfragen?"

Ich senkte enttäuscht den Blick. So lange wollte ich nicht warten. Ich schüttelte den Kopf.

„Dann bin ich hoffentlich längst wieder zuhause", sagte ich.

„Stopp", rief die Bibliothekarin und starrte auf ihren Bildschirm.

Ich hob wieder den Kopf und sie nickte mir triumphierend zu.

„Vielleicht haben wir doch etwas", sagte sie. „Aber es ist etwas Älteres."

Sie trat vor den Tresen und nickte mir mit einer Kopfbewegung zu, ihr in den Lesesaal zu folgen. Ich lief ihr hinterher. Vor einem Bücherregal blieben wir stehen. Die Bibliothekarin schaute in Windeseile über die Buchrücken in den Regalen. Dann blieb sie mit dem Finger stehen und zog ein Buch hervor, nahm es in Betracht und schaute mich wohlwollend an. Es hatte einen braunen Ledereinband mit vielen Prägungen, die viele Mosaike über den ganzen Einband verteilt zeigten und mit einem goldglänzenden Schriftzug versehen waren auf dem *WUNTAR – von Glauben und Hoffnung* geschrieben stand.

„Ich denke, das ist vielleicht etwas, das dir helfen könnte", sagte sie.

Ich nickte dankbar und griff nach dem Buch, doch die Bibliothekarin zog ihre Hand mit dem Buch zurück.

„Hast du einen Bibliotheksausweis?", fragte sie und schaute mich streng an.

„Ja," erwiderte ich, „von meiner Stadtbibliothek zuhause."

„Du bist nicht von hier?" fragte die Frau. Ich schüttelte den Kopf.

„Dann wird es nicht gehen", sagte sie. „Nur wer Mitglied der Ortsbibliothek auf der Insel ist, kann hier Bücher ausleihen".

Sie lief, das Buch in der Hand, zurück zum Empfang.

Ich schaute ihr fragend hinterher.

„Hast du einen Personal- oder Kinderausweis dabei?", rief sie mir nach, ohne sich umzudrehen.

Ich hatte davon gehört, dass nicht nur Erwachsene, sondern auch Kinder manchmal an der Grenze zu anderen Ländern so etwas brauchten. Aber das wäre etwas gewesen, was Mama und Papa dann immer für uns bei sich gehabt hätten. Wir waren ja auch nie so weit weg gewesen, weil wir uns solche Reisen gar nicht hätten leisten können. Und ich verstand auch gar nicht, warum es überhaupt einen Beweis brauchte, dass ich einem besonderen Land oder einer Stadt zugehörte. Sollten nicht alle Menschen, egal wo sie waren, dazugehören, egal wo sie waren?

„Nein", sagte ich und schüttelte erneut mit dem Kopf.

Die Bibliothekarin hob den Blick von ihrem Bildschirm. „Wo wohnst du hier?" fragte sie.

„Beim Leuchtturm", sagte ich. „Bei meinem Großvater".

Die Bibliothekarin musterte mich. Für einen kurzen Moment wirkte sie weniger streng.

Ich schaute zurück, wusste aber nicht, welche Antwort genau sie jetzt von mir erwartete.

„OK," sagte sie. „Ich glaube, das kriegen wir auch einmal so hin. Sie nickte mir mit einem Lächeln zu.

Sie tippte in ihren Computer, fragte nach meinem Namen und meinem Geburtsdatum. Ich antwortete ihr. Sie tippte wieder. Dann dauerte es einen Moment bis der Drucker schließlich eine Plastikkarte auswarf.

„Bring sie mit", wenn du das Buch zurückgibst oder neue Bücher ausleihen willst", sagte sie. Ich nahm sie entgegen und schaute darauf. Es war eine Plastikkarte, die meinen Namen trug. Statt eines Fotos von mir zeigte sie eine Comicfigur, die die die Arme in die Luft warf.

Ich wendete mich ab und verabschiedete mich mit einem vorsichtigen Lächeln.

*

Ich saß auf der oberen Reihe in der Schulklasse und schaute mich um, sah Leonore, die ganz unbesorgt, ihre Stifte in ihre Mappe steckte und Lina, wie sie sich von ihrer Bank erhob und ihrer Nachbarin zunickte. Ich folgte meinen Schwestern, wie sie den Klassenraum verließen. Ich hätte gerne gewusst, was in diesem Moment in ihren Köpfen passierte. Waren sie glücklich mit dem, was sie hatten, oder vermissten sie Mama oder Papa genauso wie ich es tat?

Ich folgte ihnen über den Flur und die wenigen Treppen hinunter. Im Eingang der Schule blieben wir stehen. Lina und Leonore schauten mich an. Ich war verwirrt. Offenbar warteten sie darauf, dass ich ihnen den Hofgang erlaubte. Ich nickte ihnen zu. Dann liefen sie los.

Vielleicht war es so, dass wir alle einfach nur keine Ahnung hatten, wie wir mit der Situation umgehen sollten, aber meine Schwestern wollten, dass ich ihnen die Antworten gebe oder ihnen die Entscheidungen abnahm.

Ich fragte mich, ob ich alles richtig machte, aber mir fiel auch nicht ein, was ich hätte ändern können. Im Grunde genommen wusste ich überhaupt nicht, was eigentlich meine Aufgabe genau war. Und das machte alles ziemlich schwierig.

Plötzlich war Tom, der Junge aus meiner neuen Klasse, neben mir.

„Hallo," sagte er.

„Hallo," antwortete ich.

Dann sagte er nichts mehr und stand einfach nur neben mir.

Irgendwann lächelte ich verlegen, weil ich nicht wusste, ob ich die Frage in seinem *Hallo* nicht gehört hatte, oder worauf er wartete. Aber Tom blieb weiter neben mir stehen und schaute den spielenden Kindern im Hof hinterher.

Er war dünn und groß oder jedenfalls größer als ich, aber auch größer als die meisten der Jungs in der Klasse. Aber er hatte überhaupt nicht die Ausstrahlung, dass ihm diese Größe wichtig war. Im Gegenteil fand ich ihn sehr vorsichtig im Umgang mit allen in der Klasse. Eigentlich hatte er etwas sehr Schönes in seinem Gesicht. Er trug dieses helle, kurze Haar und hatte ein hübsches Lächeln, wie ich es schon ein paar Mal im Unterricht gesehen hatte, wenn er jemandem im Unterricht antwortete. Manchmal zeigt er es auch mir.

„Und?", fragte ich irgendwann und schaute ihn unsicher an.

Jetzt lächelte er jedenfalls dieses blöde verlegene Lächeln, schaute auf den Boden, auf dem aber gar nichts zu sehen war.

„Deine Mutter?", fragte er und blickte mich schließlich an.

Plötzlich war ich hellwach.

„Was?", fragte ich und verstand nicht, was er meinte und warum er überhaupt über meine Mutter sprach.

„Sie lebt nicht mehr, oder?" fragte er zögerlich.

Ich sah ihn unsicher an. Er wirkte, als meinte er seine Frage ernst, nicht bemitleidend aber irgendwie mitfühlend. Trotzdem wusste ich nicht, ob ich ihm trauen konnte, wie auch ich meinen eigenen Gefühlen gerade oft nicht trauen wollte.

„Nein, sie ist an einer schlimmen Krankheit gestorben", sagte ich streng und ballte die Fäuste. Ich wusste natürlich, dass die schlimme Krankheit einen Namen hatte, Mama war an Krebs gestorben. Eine Krankheit, die Geschwüre im Körper verursachten, die sich immer weiter ausbreiteten, bis der Körper mit seinen Organen nicht mehr arbeiten konnte. So hatte es Papa erklärt. Aber als Mama zum ersten Mal uns gegenüber den Namen der Krankheit erwähnt hatte, träumte Leonore nächtelang davon, wie Mama von innen her von Krebsen zerfressen würde und wachte nachts schreiend auf. Seitdem nannten wir die Krankheit nicht mehr bei ihrem echten Namen.

Ich schaute an ihm vorbei auf die Kinder im Schulhof aber behielt ihn im Blick, weil ich wissen wollte, wie er reagierte.

Tom senkte den Blick. „Das tut mir leid", sagte er und es klang irgendwie anders oder ehrlicher, als was mir sonst die anderen - meist - Erwachsenen gesagt hatten. Alle schienen immer nach einer tröstenden Antwort zu suchen doch ohne eine echte Antwort zu wissen. Überhaupt schien niemand eine Antwort zu kennen. Auch Tom überlegte und suchte nach Worten. Dann fiel ihm offenbar ein, was er eigentlich sagen wollte.

„Dann ist sie vielleicht auch schon wieder am Leben?"

Ich schaute Tom irritiert an. Was verstand er hier nicht?

„Vielleicht ist Mama einfach nur tot?", entgegnete ich und versuchte damit alle Fragestellungen zu beenden.

Tom schien eine andere Idee zu haben. Er wirkte jetzt sehr selbstsicher.

„Ja, vielleicht", sagte er. „Aber vielleicht ist sie auch einfach nur woanders?"

„Wie, woanders?", fragte ich und schaute ihn an.

Tom wirbelte komisch mit seinen Armen in der Luft herum.

„Naja, viele Menschen auf der Welt glauben, dass, wenn du stirbst, dann stirbt nur dein Körper, aber deine Seele wandert weiter und wird wiedergeboren in einem anderen Körper."

Ich musste kurz nachdenken. „Du meinst als Baby?", fragte ich.

Tom wirkte unsicher und zögerte. Dann nickte er nachdenklich. „Ja, glaub schon."

„Aber meine Mama wusste doch viel mehr als jedes Baby", sagte ich.

„Das muss sie natürlich alles neu lernen", erwiderte Tom. „Aber ihre Seele, das, was sie fühlte, das bleibt natürlich erhalten und lebt in dem neuen Menschen weiter".

Ich starrte Tom an „In echt jetzt?", fragte ich und konnte nicht glauben, was er sagte.

Tom zuckte mit den Schultern und schaute mich unschuldig an, als sprächen wir über kniffelige Hausaufgaben oder eines der neuesten Spiele aus dem App-Store.

„Ja, glaub schon, oder?", sagte er.

„Woher weißt du das?", fragte ich.

Tom zuckte mit den Schultern. „Von meinem Onkel", sagte er. „Er ist Bovist oder so."

Ich starrte Tom ungläubig an. „Der sammelt giftige Pilze?", fragte ich erstaunt zurück.

Jetzt war es Tom, der mich irritiert ansah. „Nee, glaub'
nicht", sagte er.

Dann schwiegen wir gemeinsam.

WUNTAR

Ich lag im Hochbett und öffnete auf meinem Tablet eine neue App, die mir helfen sollte, einen Video-Blog zu erstellen. Ich schaltete die Kamera ein und schaute auf das Display.

„Hallo, hier ist mein neuer Blog, in dem ich über Wunder berichten will", sagte ich. „Ich glaube tatsächlich, dass es viele Wunder gibt, von denen wir gar nichts wissen. Und ich habe beschlossen, sie zu erforschen und alles, was ich darüber herausfinden werde, will ich euch hier erzählen".

Ich drückte die Pausentaste und dachte nach. Dann fiel mir wieder ein, was ich sagen wollte, und startete die Aufnahme.

„Ok, also ich habe nachgeforscht und festgestellt, dass sie in der Bibliothek hier nur ein einziges Buch über echte Wunder haben. Sonst gibt es nur solche, die blödes Zeug erzählen, an die Menschen glauben, die nicht alle Tassen im Schrank haben. Ich will aber eine echte Untersuchung über echte Wunder machen."

Ich schaltete wieder auf Pause und musste nachdenken, weil mir irgendwie nicht die richtigen Worte einfielen.

Ich merkte plötzlich, dass es gar nicht so leicht war, diejenigen zu finden, die genau das sagten, was mir im Moment richtig erschien. Und ich musste kurz an Mama denken, weil sie mich auch immer wieder dazu aufgefordert hatte, genau darüber nachzudenken, was ich sagen wollte.

„Also, irgendein Junge in der Schule hat erzählt...", sagte ich und beendete die Aufnahme erneut.

Mir war klar, dass ich nicht die ganze Wahrheit erzählte. Und ich spürte, dass, wenn meine Untersuchung etwas bringen sollte, dann durfte ich nur sagen, was wirklich stimmte.

„Nein, ich glaube, er heißt Tom", korrigierte ich mich, drückte aber sofort wieder auf Pause.

Wissenschaft durfte niemals lügen - auch kein kleines bisschen - sonst hätte die Untersuchung keinen Wert.

Ich dachte kurz nach, dann räumte ich ein: „Nein, ich *weiß*," korrigierte ich noch einmal, „er heißt Tom und er ist in meiner neuen Klasse."

Ich spürte plötzlich deutlich, wie schwer wissenschaftliche Arbeit sein konnte. Jetzt aber, als ich auch erkannte, wie gut es sich anfühlte, genau zu sein, fiel es mir auch leichter zu sagen, was ich erzählen wollte, und drückte erneut auf die Aufnahmetaste.

„Und er hat erzählt, dass Menschen, wenn sie sterben, wiedergeboren werden können. Manche Menschen mit komischen Namen glauben daran. Aber, wenn er recht hat, dann müssten wir nur herausbekommen, wo jemand wiedergeboren wurde, der eigentlich zu uns gehörte, um wieder zusammenzukommen."

Ich schaute auf das Display und drückte auf *Upload*.

Leonore kletterte über die Leiter aus dem unteren Bett nach oben und schaute mich an.

„Was machst du?"

„Ich mache einen Blog", sagte ich.

Leonore kletterte weiter, stieg über mich hinüber und legte sich hinter mich.

„Was ist das?", wollte sie wissen, kuschelte sich ganz eng an mich und schaute über meinen Rücken auf das Tablet.

„Ich erzähle den Leuten etwas über Wunder", sagte ich.

„Über Wunder? In echt?"

„Ja, in echt", wiederholte ich. „Ich suche nach dem Wunder, dass Mama zurückbringt.

Leonore war erstaunt. „Glaubst du das geht?"

„Ich will es versuchen," erwiderte ich und war mir im gleichen Augenblick aber auch nicht mehr sicher.

Lina war auf das untere Bett gestiegen und zog sich an meiner Bettkante nach oben. Sie hatte uns offenbar zugehört, aber sie schien wenig überzeugt.

„Und, wie willst du das herausfinden?", fragte sie, „Mama kann ja dann überall auf der Welt sein: vielleicht in Indien, England oder sogar am Nordpol."

Leonore und ich schauten sie an.

„Der Nordpol ist bestimmt der falsche Ort", erwiderte ich. „Mama hat immer leicht gefroren."

Lina verdrehte die Augen und setzte an, nach unten zu klettern.

„Vielleicht sucht sie ja sogar unsere Nähe," wendete ich ein.

Lina schaute auf. Ich glaubte, jetzt war sie sich selbst nicht mehr sicher. Wir tauschten fragende Blicke. Dann tauchte Lina ab und kroch in ihr Bett.

„Gute Nacht", rief ich ihr hinterher und schaltete die Lampe neben meinem Bett aus. Leonore schmiegte sich von hinten fester an mich. Ich konnte hören, wie sich Lina in ihre Decke hüllte. Dann schaltete auch sie das Licht neben sich aus. Ich starrte in die Dunkelheit und wartete.

„Gute Nacht", sagte Lina schließlich, doch ich wusste, dass sie mir nicht glaubte.

*

Die Boote im Fischereihafen wippten auf den Wellen. Ich stand auf dem Steg und schaute meinem Großvater zu, wie er an seinem Fischkutter im Unterdeck hantierte. Immer wieder tauchte sein Kopf an der Luke auf, verschwand aber gleich wieder. Schließlich kletterte Großvater aus dem Maschinenraum an Deck und blickte missmutig nach unten. Dann wendete er sich mir zu und rieb seine ölverschmierten Hände an einem Tuch ab.

„Ja, die Buddhisten glauben wohl an Wiedergeburt nach dem Tod. Vielleicht meint dein Freund das ja."

„Tom ist nicht mein Freund", rief ich ihm zu.

Doch Großvater schenkte mir nur einen kurzen abschätzenden Blick, dann zuckte er gleichgültig mit den Schultern und wendete sich ab.

„Glaubst *du*, dass Menschen wiedergeboren werden können?", fragte ich streng.

Großvater dachte nach und legte das Handtuch auf einen Werkzeugkasten. Er zögerte, dann schaute er mich an.

„Hast du je einen Menschen wiedergesehen, der gestorben ist?"

„Nein", antwortete ich.

Großvater blickte sich um. „Und siehst du hier irgendwen? Irgendwo?"

Ich folgte seinem Blick. Auch wenn er recht hatte, war ich enttäuscht.

„Du bist gemein", rief ich.

Großvater sah mich an.

„Das Leben ist manchmal gemein."

Wir fixierten einander. Dann kletterte er wieder unter Deck. Ich sah ihm wütend hinterher.

*

Lina und ich saßen am großen Tisch und erledigten unsere Hausaufgaben. Leonore trug eine leere Flasche, ein Blatt

Papier und einen Stift vor sich her und stellte alles auf dem Eichentisch vor Lina ab.

„Hilfst du mir schreiben?", fragte sie und schaute Lina abwartend an.

Meine Schwester blickte auf das leere Blatt und dann auf Leonore.

„Du bist kein kleines Kind mehr", erwiderte Lina. „Du kannst selbst schreiben".

„Es sind viel zu viele Worte", entgegnete Leonore und schaute Lina mit allem, was eine jüngere ihrer älteren Schwester mit all ihren Mehrerfahrungen abfordern durfte, an.

Lina lenkte ein und nickte. „Ok, gib her." Sie griff nach dem Papier und dem Stift und sah ihre Schwester erwartungsvoll an.

Leonore diktierte und Lina schrieb mit. Immer wieder schaute Lina auf und stellte kritische Fragen, doch Leonore war in ihrem Willen glasklar.

„Gut jetzt?", fragte Lina schließlich.

Leonora schaute auf das Papier und nickte.

„Du musst unterschreiben, sonst ist es nicht echt", meinte Lina und schob Leonore das Blatt über den Tisch.

Leonore nahm den Stift und schrieb etwas unter die Nachricht, doch es sah eher aus als malte sie ihren Namen, wobei sie einzelne Buchstaben immer noch verkehrt herum schrieb.

*

Wir liefen auf die hohe Klippe zu. Großvater hatte uns gewarnt, weil er meinte, dass der Rand gefährlich sei und abstürzen könnte. Aber von hier aus sah man das Meer am besten. Wir knieten uns hin und robbten die letzten Meter bis an die Kante heran. Dann sahen wir gemeinsam hinunter. Unter uns glitzerte das Meer im Vollmond. Dann warf Leonore die

Flasche mit der Botschaft in die Brandung. Es gab einen kurzen Aufschlag. Die Flasche versank zwischen den Wellen und tauchte wieder auf, bevor sie langsam vom Strand dem Mond entgegen pendelte. Wir sahen ihr gemeinsam hinterher.

„Für mich ist das Umweltverschmutzung", sagte Lina bestimmt.

Ich erhob meinen Kopf und blickte über Lina hinweg zu Leonore und verdrehte die Augen, um ihr zu signalisieren, dass Lina immer etwas an so gut wie allem auszusetzen hatte. Es schien schon in ihren Genen festgelegt zu sein, dass sie aus Prinzip gegen alles zu sein habe, was ich fand.

„Ich hab' das gesehen, große Schwester", sagte Lina, ohne aufzusehen.

Dann folgten wir mit unseren Blicken weiter der Flasche, die von den Wellen mitgenommen wurde.

*

Ich lag im Bett und wischte auf meinem Tablet durch die Videos. An einem blieb ich stehen und tippte darauf: Mama lag in ihrem Bett im Krankenhaus. Sie hatte alle ihre Haare verloren, lächelte träge und versuchte aufzustehen. Lina ergriff ihren rechten Arm und versuchte ihr zu helfen. Ich nahm alles mit der Kamera meines Handys auf, weil ich wollte, dass wir alle später über die schlimme Zeit lachen könnten.

„Danke Schatz", sagte Mama und blieb einen Moment auf der Bettkante sitzen. Dann versuchte sie, aufzustehen.

„Mama, das musst du nicht", rief ich aus dem Hintergrund. Mama schaute in die Kamera.

„Doch, es geht. Ich bin fit, wie ein Turnschuh."

Sie lächelte müde und hielt dann inne.

„Warte mal", sagte sie zu Lina und sackte auf die Bettkante zurück. Dann ließ sie sich wieder ins Bett fallen, schloss die Augen und öffnete sie erst nach einem kurzen Moment.

„Vielleicht ist es doch besser, wenn ihr morgen wiederkommt, Ok?", sagte sie und schaute uns an. „Ich bin doch sehr müde."

Und wie zur Bestätigung fielen ihre Augen wieder zu.

Ich ließ das Video vorlaufen und drückte erneut auf Play. Mama öffnete die Augen und schaute uns direkt in meiner Kamera an: „Ich habe keine Angst. Ich mache mir nur Sorgen um euch", sagte sie. Ihr Blick war ganz weich und liebevoll. Das Bild wackelte stark, weil ich das Handy kaum habe halten können.

„Ich will nur nicht, dass ihr…".

Der Clip stoppte. Ich hielt inne und sah vom Tablet auf, und auch, wenn ich die Aufnahme schon dutzende Male gesehen hatte und sie mir jedes Mal den Schmerz über Mamas Leiden und ihren Tod vor Augen führten, wollte ich sie doch immer wieder sehen. Ich hatte Angst, sonst die Erinnerung an sie zu verlieren, denn wenn Mama zu lange nicht mehr da war, verblasste vielleicht irgendwann auch die Erinnerung an sie und ich könnte mich noch nicht mal mehr an ihr Gesicht erinnern. Das durfte nie passieren.

Ich wischte zu einem weiteren Video in dem Mama tief eingegraben im Krankenhausbett lag und schlief. Sie atmete schwer. Auch ich war im Spiegelbild der Fensterscheibe zu erkennen, durch die ich sie mit meinem Smartphone aufnahm. Mama lag einfach nur da.

Ich stoppte den Film und ließ das Tablet in meinen Schoß fallen, weil ich plötzlich nicht mehr gegen meine Tränen ankämpfen konnte und vergrub mein Gesicht schluchzend in den Kissen. Es dauerte, aber irgendwann schlief ich ein.

*

Tom schwang auf der Schaukel im Schulhof und schaute zu mir herüber. Ich war neben ihm stehen geblieben und sah ihm zu. Tom versuchte noch mehr Schwung zu holen. Vielleicht tat er das, dachte ich, weil er nicht wusste, warum ich dort stand und ihn anschaute. Jedenfalls wurde sein Blick immer unsicherer, bis er schließlich aufgab und mit seinen Füßen den Schwung abbremste und die Schaukel zum Stehen kam. Er blickte mich unsicher an.

„Kann ich vielleicht mal deinen Onkel treffen?", fragte ich.

Tom schien verwirrt.

„Woher kennst du meinen Onkel?", fragte er.

„Du hast mir von ihm erzählt", sagte ich. „Der, der Pilze…?". Ich überlegte noch einmal neu und sagte dann: „der Buddhist ist und glaubt, dass Menschen wiedergeboren werden, wenn sie sterben."

Tom begriff, was ich meinte und nickte, doch ich konnte sehen, dass er immer noch nicht verstand, worum es mir ging. Ich war mir sicher, dass er mich jetzt seltsam oder verstört finden musste. Eben, wie jemand, den man nicht versteht, weil er oder sie dummes Zeug erzählte. Das Gefühl war mir unangenehm, vor allem, weil ich gerne wollte, dass Tom keinen blöden Eindruck von mir hatte. Aber ich war mir sicher, dass ich gerade das genaue Gegenteil erreicht hatte.

Wir schauten uns an.

Tom stieg von der Schaukel und sagte „OK, ich frag ihn." Dann ging er an mir vorbei. Ich sah ihm nach und rief ihm ein „Danke" hinterher. Ich sah sein Nicken, ohne, dass er sich umdrehte, und wusste doch: ich hatte es total versiebt. Scheiße.

ENNE

Großvater parkte den Wagen in der Einkaufsstraße des Dorfes. Wir stiegen gemeinsam aus und folgten ihm zu einem Laden mit einem Schaufenster neben der Eingangstür. Darin waren sehr viele, sehr unterschiedliche Dinge in einem aufgespannten Fischernetz *gefangen*: Konservendosen, ein Hammer und eine Zange, viele Wäscheklammern, eine Glühbirne aber auch eine Rolle Toilettenpapier. Lina, Leonore und ich schauten in die Auslagen doch uns dreien wurde nicht klar, was genau das für ein Geschäft sein sollte. Großvater öffnete die Tür und ließ uns eintreten. Der Laden wirkte erst klein, doch er schien viele Nebenräume zu haben. Alles war vollgestopft mit Zeug und es war schwer herauszufinden, ob es ein System in dem Sortiment gab, ganz anders als in den Läden, die wir von zuhause kannten. Auch rocht es ganz anders als bei uns. Ich konnte gar nicht sagen wie. Nicht unangenehm aber irgendwie nach sehr viel. Lina, Leonore und ich schauten uns um. Im Zentrum stand ein Verkaufstresen. Dahinter saß eine alte Frau. Sie hatte wilde graue Haare und strahlend blaue Augen.

„Hallo Enne", sagte er und nickte ihr geschäftig zu, während er sich bereits zwischen den vielen Regalen umsah.

„Gustav," begrüßte sie meinen Großvater. „Wen hast du mir denn da mitgebracht?"

Sie beugte sich über den Ladentisch und schaute uns an.

„Ihr seid Finjas Mädchen, stimmts?"

„Stimmt", sagte ich unsicher. „Finnja war unsere Mama!"

Die Frau senkte ihren Blick. „Es tut mir so leid", sagte sie. „Ich habe sie sehr gemocht."

Lina, Leonore und ich tauschten kurz Blicke. Wir wussten alle nicht, wie wir auf solche Beileidsbekundungen reagieren sollten. Ich glaube, es gab Regeln dafür. Jedenfalls hatte ich bei Mamas Beerdigungen bemerkt, dass manche Gäste, die ich nicht kannte, und die auch nicht zur Familie gehörten, sehr merkwürdige Dinge sagten. Nicht alle hatten Papa umarmt, sondern ihm einfach nur die Hand gereicht und auch Papa wirkte in manchen Begegnungen sehr distanziert.

„Danke", sagte ich und schaute die Frau hinter dem Tresen an. Aber sie schien anders zu sein – weniger steif – irgendwie frech, gar nicht so mitleidig, aber in ihrem Bedauern aufrichtig.

„Hallo", sagte sie und schaute uns freundlich an. „Ich bin Enne". Sie sah uns an, dann blickte sie hoch zu Großvater.

„Ist euer Großvater gut zu euch?"

Sie lächelte Großvater augenzwinkernd an. Doch Großvater fühlte sich offensichtlich von ihr provoziert und wendete sich ungehalten ab.

„Enne, ich brauche Nylonfaden und eine Dose von deinen besonderen Ködern," sagte Großvater und stapfte in Richtung der hinteren Regale.

Enne sah ihm nach. Ihr Tonfall wechselt aus dem weichen Klang, mit dem sie uns begrüßt hatte in eine laute, sehr nüchterne Stimme.

„Neben dem Angelbedarf, gleich unten rechts", rief sie Großvater hinterher.

Dann wendete sie sich wieder uns zu und ihr Blick wurde wieder freundlich. Sie nahm aus dem Regal hinter sich ein

Glas und stellt es auf den Tresen. Wir traten vor und schauten neugierig darauf. Auf engsten Raum krochen darin gefühlt tausende Würmer umeinander herum. Lina und Leonore tauschten angewiderte Blicke. Enne lächelte ihnen zu, griff nach einem weiteren Glas, gefüllt mit Süßigkeiten und hielt es uns hin.

„Na, habt ihr Lust auf ein wenig Abwechslung?".

Wir griffen zu und lächelten.

Enne nickte Großvater hinterher, dann blickte sie uns direkt an.

„Euer Großvater will ein Raubein sein. Aber eigentlich ist er eine zarte Seele."

Sie sah uns verschwörerisch an und hielt uns die Glaskugel erneut entgegen. Wir griffen zurückhaltend hinein.

„Und hier bei Ihnen kaufen alle auf der Insel ein?", fragte ich schüchtern.

„Enne", sagte die Frau. „Ich bin hier für alle einfach nur Enne und nein, nur die Kinder und die Alten." Sie nickte erneut in Richtung von Großvater, der suchend vor einer Regalwand im hinteren Teil des Ladens stand. „Alle anderen können Internet".

Großvater rief verzweifelt „Enne, ich find's nicht."

Enne hob etwas genervt den Blick. Sie zwinkerte uns zu.

„Euer Großvater verliert etwas die Orientierung. Das ist das Alter."

Wir lächelten verlegen.

Enne richtete sich auf und lief auf Großvater zu, griff gezielt in die Auslagen und hob eine Spule mit Nylonfaden hoch. Großvater nahm sie entgegen.

Er wirkte verunsichert. Enne wendete sich ab und lief zurück zum Tresen.

„Danke", rief er hinterher und folgte ihr.

Als sie wieder hinter dem Tresen angekommen war, nahm sie uns erneut in den Fokus und ohne Großvater anzusehen fragte sie laut: „Und Gustav, warst du mit den Kindern schon am *Hohen Riff*?"

Wir schauten uns an. Großvater schien irritiert, wusste keine Antwort und sah Enne schroff an. Enne hingegen wirkte amüsiert und triumphierte: „Das wirst du ihnen unmöglich verwehren wollen!"

Sie grinste uns an, schaute Großvater herausfordernd in die Augen, während sie mit einer kleinen Kelle einige Würmer aus dem Glas in eine Plastikdose schaufelte.

Großvater taxierte sie scharf. „Danke für das Nylon und die Köder. Was bin ich dir schuldig?"

Enne lehnte sich über den Tresen nah an Großvater heran und schaute ihn vielsagend an. „Einen Spaziergang auf dem Deich in der Abendsonne."

Meinem Großvater war das vor uns offenbar unangenehm und wich ihrer Frage aus. Und tatsächlich mussten wir grinsen. Enne schien überhaupt keine Angst vor meinem Großvater zu haben. Beinahe schien es mir, als mochte sie es, ihn in Verlegenheit zu bringen.

„Enne, bitte", sagte Großvater und ich konnte sehen, wie sein Blick von ihr zu uns glitt, ohne dass er dabei den Kopf bewegte.

Enne wechselte in den Geschäftston, während sie den Betrag in die Kasse eingab. „Sechzehnfuffzig". Sie schaute ihn lauernd an und blieb mit ihrem Blick auch bei ihm, während Großvater umständlich einen Geldschein aus seiner Brieftasche hervorbrachte. Enne gab das Wechselgeld heraus. Sie tauschten einen letzten verhaltenen Blick, dann wendete

Großvater sich ab und zog uns mit einem Kopfnicken zum Ausgang. Wir folgten ihm, doch ich wendete mich noch einmal um. Enne zwinkerte mir zu.

FRAGEN

Das Tageslicht war schon längst der dunklen Nacht über der Insel gewichen und es goss jetzt in Bindfäden. Großvater hatte beim gemeinsamen Frühstück gemeint, dass es das ganze Wochenende einen Wechsel aus Sonne und Regen geben würde, und wir sollten die trockenen Zeiten nutzen, um möglichst viel draußen zu sein. Doch mich frustrierte der Gedanke, an den wenigen freien Tagen dauernd im Regen zu stehen, wenn an allen Schultagen der kommenden Woche die Sonne scheinen sollte. Außerdem war ich immer noch ein wenig wütend auf Großvater wegen der Sache in der Schule und weil er mich nicht unterstützt hatte. Ich schaute aus dem Fenster. Großvater war im Schuppen hinter dem Wärterhaus aktiv und suchte offenbar nach etwas. Immer wieder gab es laute, metallische Geräusche von Gegenständen, die verräumt wurden. Schließlich trug Großvater ein Fahrrad aus dem Schuppen und rollte es durch den Regen vor das Haus. Ich lief die Treppe herunter und zur Veranda. Großvater schaute mich an und zeigte auf das Fahrrad. Während ich vor dem Regen geschützt unter dem Verandadach auf ihn blickte, wurde er ganz nass. Doch es schien ihm nichts auszumachen.

„Es ist Mamas Fahrrad", rief er mir zu und schaute mich an. „Sie hat es gefahren, da muss sie so alt wie du jetzt gewesen sein."

Ich sah ihn an und wusste nicht, was ich sagen sollte.

„Die Kette braucht unbedingt Öl", sagte Großvater und schaute verlegen zum Schuppen zurück. „Aber ich habe keines gefunden".

Im gleichen Moment brach der Regen spontan ab, als habe es ihn gar nicht gegeben. Großvater schaute in den Himmel, dann mich an.

„Willst du es ausprobieren?"

Ich nickte mit einem breiten Lächeln und lief auf ihn zu.

„Danke", sagte ich und umarmte spontan seinen Bauch.

Großvater wirkte überrascht, aber dann spürte ich seine Hand auf meinen Haaren. Wir schauten uns kurz an und teilten ein Lächeln. Dann griff ich nach dem Fahrrad und stieg auf. Großvater nickte mir zu.

„Gute Fahrt", rief er mir hinterher.

Doch ich war mit wenigen Tritten schon weit weg. Dann plötzlich hatte ich den Gedanken: die Griffe am Lenker hatte Mama auch mal gehalten. Ich umschloss sie mit aller Kraft und trat in die Pedale so fest ich konnte.

*

Weil Sonntag war und wir alle lange geschlafen hatten – außer Großvater, der immer früh aufstand, um zum Fischen aufs Meer hinauszufahren, hatten wir beschlossen auf der Veranda zu frühstücken. Es sollte auch heute am Sonntag immer wieder regnen, hatte Großvater gesagt, aber in diesem Moment brach die Sonne durch die dunklen Wolken und strahlte in den Garten vor dem Leuchtturm. Wir waren alle ganz entspannt und genossen den Moment.

Leonore und ich hoben unsere Frühstückseier, die Großvater für uns gekocht hatte, und schauten uns kampfeslustig an. Es war ein in unserer Familie viel erprobter Wettkampf. Dabei schlugen wir die Eier nach einem festen Regelwerk aufeinander. Das Ei durfte zum Beispiel nicht umfasst sein, um ihm nicht zusätzlich Stabilität zu geben. Dann mussten sie mit den Spitzen voraus aufeinandergeschlagen werden. Gewonnen hatte, wer gegen alle in der Familie sein unbeschadetes Ei verteidigt hatte. Leonores Ei brach, als ich ihres traf. Meine Schwester sackte enttäuscht zurück, aber ich wusste, dass sie mit acht Jahren schon eine solche Niederlage ertragen konnte. Immer wieder hatten wir uns bei abendlichen Spielen am Wohnzimmertisch gefragt, ob wir Leonores Spielfiguren wirklich aus den gemeinsamen Brettspielen rauswerfen durften oder besser einen anderen Spielzug wählen sollten. Lina, ich und meine Eltern warfen uns dann immer kurze verstohlenen Blicke zu und lächelten uns verschwörerisch zu, wenn wir *auf Vorsicht* gespielt hatten.

Lina war sofort am Start und hob ihr Ei entschlossen meinem entgegen. Wir schauten uns fest in die Augen. Großvater sah unserem Spiel aufmerksam zu.

„No Way, kleine Schwester", sagte ich und hielt mein Ei Lina stolz entgegen.

Dann schlugen wir die Eier aufeinander. Ich gewann auch diesmal.

„Mist", rief Lina.

„Siegerin!" verkündigte ich triumphierend in die Runde.

Doch plötzlich hob Großvater seine Stimme.

„Und jetzt ich," sagte er und schaute mich herausfordernd an.

Ich sah auf und war ein wenig verunsichert. Auch meine Schwestern schauten abwartend zu uns.

Ich nahm Großvater ins Visier. Auch er schaute mich an. Wir zögerten einen Moment. Dann schlug ich zu. Großvaters Ei gewann. Die Delle auf meinem Ei war eindeutig. Großvater lächelte verschmitzt und nickte mir dennoch versöhnlich zu. Ich senkte respektvoll meinen Blick. Lina, Leonore, Großvater und ich lächelten uns an.

„Da ist der Junge aus der Schule", sagte Leonore plötzlich und nickte mit ihrer Nasenspitze in Richtung der Einfahrt zum Leuchtturm. Ich drehte mich um und folgte ihrem Blick.

Tatsächlich erkannte ich Tom auf einem Fahrrad sitzend am Ende des Kieswegs. Er schaute zu uns herüber, wartete aber ab.

„Der ist bestimmt wegen dir hier," sagte Leonore.

Ich stand auf und schaute ihm entgegen. Langsam näherte sich Tom mit seinem Fahrrad der Veranda. Jetzt wendeten auch Lina und Großvater neugierig ihre Blicke auf Tom. Ich ging auf ihn zu, um ihn abzufangen, weit vor der Veranda, damit die anderen nicht hören konnten, was er sagen wollte. Ich hatte so ein unbestimmtes Gefühl, dass es vielleicht peinlich werden könnte. Jedenfalls merkte ich, dass meine Schwestern so ein komisches Lächeln miteinander teilten, als wenn sie viel mehr wüssten als ich. Mir war das sehr unangenehm, obwohl ich Tom eigentlich nett fand. Nur in diesem Moment wäre ich lieber allein mit ihm gewesen. Erstaunlicherweise zeigte Großvaters Blick gar kein Lächeln oder Misstrauen. Im Loslaufen drehte ich mich vorsichtig um und erkannte, dass er mir zwar hinterher sah und auch Tom einen kurzen Blick zuwarf. Aber ich konnte in seinen Augen keine Wertung finden. Erwachsene haben oft diesen Blick, der irgendwie beobachtend ist, meist immer genau dann, wenn du ganz neue Erfahrung machst, aber gleichzeitig gerne unbeobachtet von der Außenwelt sein möchtest, weil du selbst noch gar nicht weißt, wie du damit umgehen willst. Und irgendwie fühlte es sich beschämend an, ohne dass ich wusste, wofür ich mich eigentlich schämen sollte. Aber Großvater lächelte nicht, er schaute uns nur kurz hinterher, bevor er sein Frühstück fortsetzte.

„Hey, hallo", sagte ich und wischte mir eine Haarsträhne aus dem Gesicht. „Was machst du hier?"

„Hey, naja", sagte Tom und schaute mich an. Dann schwieg er.

Auch ich sah ihn an, weil ich nicht wusste, wohin ich sonst gucken sollte. Auch ihm schien die Situation offenbar unangenehm zu sein.

„Mein Onkel…", brachte er schließlich zögernd hervor.

Ich blickte auf. Dann fiel mir ein, was er meinen könnte, und nickte.

„Ich wollte ihn etwas fragen."

„Ja, genau", sagte er.

Sein anhaltendes Schweigen machte mich etwas nervös. „Und?", fragte ich.

„Er ist einverstanden", sagte Tom. Wir können ihn besuchen kommen.

„Im Ernst?", fragte ich aufgeregt.

Tom nickte und schaute mich an, als warte er auf eine Antwort.

Auch ich sah ihn an und warte darauf, dass er konkreter werden würde, doch schließlich wurde mir klar, was er meinte. „Du meinst jetzt?"

„Ja klar. Hast du Zeit?"

„Zeit? Ja natürlich habe ich Zeit", stammelte ich hervor und schaute zurück zur Veranda. „Ich muss nur schnell mein Fahrrad holen."

Tom hatte sein Versprechen wirklich wahrgemacht und seinen Onkel gefragt, ob ich ihn treffen könnte, um ihm ein paar sehr wichtige Fragen zu stellen. Ich war sehr glücklich.

Ich rannte über den Kiesweg zurück zum Haus und holte Mamas Fahrrad aus dem Schuppen. Ich sah aus dem Augenwinkel, dass meine Schwestern mir mit ihren Blicken folgten.

*

Gemeinsam fuhren Tom und ich auf unseren Fahrrädern auf dem Deich entlang. Ich war so aufgeregt, dass ich immer schneller wurde. Tom versuchte aufzuholen, doch ich hatte ihn schnell abgehängt. Schließlich blieb er stehen.

„Stopp!", rief er mir hinterher.

Ich hielt an und schaute zurück. Tom sah in der Ferne etwas genervt aus und nickte mit seinem Kopf in Richtung eines kleinen Hauses hinter dem Deich. Ich wendete das Fahrrad auf dem schmalen Pfad mit einiger Mühe und fuhr zurück.

„Es ist gleich hier", sagte er, stieg vom Rad und rollte es vorsichtig die Steigung hinab. Ich folgte ihm.

*

Toms Onkel begrüßte uns an der Tür und bat uns hinein. Er war groß und schlank und was auffiel, war, dass er überhaupt keine Haare auf dem Kopf trug, obwohl er nicht so alt aussah, wie die Männer, die ich kannte, die ihre Haare aufgrund ihres Alters verloren hatten. Die Wohnung war etwas ungewöhnlich eingerichtet und passte irgendwie gar nicht in die Umgebung. Aber sie war auch nicht unbehaglich. Im Wohnzimmer in einer Ecke thronte die goldene Figur eines dicken Mannes. Er lächelte sehr glücklich, auch wenn ich nicht erkennen konnte, worüber er sich freute. Es gab viele Ornamente an den Wänden und auf dem kleinen Tisch vor uns stand ein Bild in einem Rahmen von einem Mann, der auch sehr freundlich zu sein schien, aber nicht ganz so dick war. Ich glaubte, ihn sogar von anderen Bildern wiederzuerkennen, die ich schon einmal woanders gesehen hatte, aber ich wusste nicht, wer er war. Wahrscheinlich war er berühmt, auch wenn er nicht aussah, wie ein Filmstar. Eher wie einer der eigentlich gar nicht besonders auffallen wollte.

Toms Onkel verwies mit seiner Hand auf zwei buntverzierte Sitzkissen. Ein Sofa oder Stühle gab es hier nicht. Wir schauten uns kurz an, lächelten und setzten uns. Toms Onkel trugt ein Tablett mit einer Teekanne und einigen Schalen herein und stellte sie auf einem kleinen Tisch vor uns ab. Auch er sah sehr nett aus, so wie der Mann auf dem Bild an seiner Wand, nur nicht so alt.

„Ich habe Tee", sagte er. „Aber vielleicht wollt ihr lieber Saft?"

Er sah uns prüfend an. Wir schüttelten den Kopf. Toms Onkel goss den Tee in die Schalen und stellte sie vor uns ab. Ich griff eine davon und nippte daran. Es schmeckte irgendwie nach Algen oder einfach nur fad und ohne jeden Zucker. Ich stellte die Schale zurück auf den Tisch und schob sie in die Mitte des Tisches. Ich wusste, ich musste jetzt loslegen und sagen, warum wir hier waren. Aber ich war etwas aufgeregt, weil ich unsicher darüber war, was genau ich von Toms Onkel erfahren wollte.

„Ich wollte nur wissen, wie das genau passiert mit der Wiedergeburt, wenn jemand stirbt?", fragte ich.

Eine Pause entstand. Toms Onkel sah mich nachdenklich an.

Auch Tom richtete seinen Blick auf mich.

„Tom hat mir erzählt, dass deine Mutter gestorben ist. Das tut mir sehr leid," sagte er.

Da war sie wieder, diese Beileidsbekundung, die aber keine echte Hilfe versprach, aber diesmal war es mir egal. Ich wartete ab und starrte ihn an. Ich wollte immer noch seine Antwort. Der Onkel schaute zu Tom und begriff, dass er mir durch seine Einladung diese auch schuldig war. Er überlegte kurz und sah dann auf.

„Ich glaube, die Energie deiner Mutter könnte sich mit einem neuen Leben verbinden und darin aufgehen.“

„Und dann ist meine Mama wieder da?“, fragte ich.

Toms Onkel dachte wieder nach. Offensichtlich war auch für ihn eine Antwort nicht ganz leicht.

„Vielleicht nicht so als die Person, die sie war, aber möglicherweise als eine Person oder ein Wesen, das an neuen Aufgaben wachsen will“.

Ich verstand nicht, was er meinte, und starrte ihn an.

„Kommt Mama dann irgendwann wieder?“, fragte ich.

Er senkte den Blick und schaute wieder auf, aber er sah an mir und auch Tom vorbei, irgendwohin an der Wand, wo gar keine Bilder hingen.

Ich fühlte, dass er selbst keine Antwort hatte.

„Es geht nicht darum, ob sie wiederkommt“, versuchte er zu erklären. „Es geht allein darum, welchen Weg sie nimmt, um zu wachsen.“

Ich verstand immer noch nicht.

„Wachsen? Wohin?“, fragte ich und schaute kurz zu Tom, der offenbar selbst nicht mehr verstand, worauf sein Onkel hinauswollte.

„Um alle Fragen zu beantworten,“ sagte er und blickte mich mitleidig an.

„Welche Fragen? Ich will doch nur wissen, wo Mama ist?“ sagte ich und spürte, wie ich immer verzweifelter wurde.

Toms Onkel senkte den Blick und mir wurde klar: er konnte meine Frage gar nicht beantworten. Ich verstand, dass für ihn Wiedergeburt etwas Theoretisches war. Ich wusste, Erwachsene konnten stundenlang über diese Dinge reden, die nur in ihren Köpfen passierten, ohne dass sie etwas bedeuteten, das in der wirklichen Welt stattfand. Ich kannte das aus Aufgaben aus dem Mathematikunterricht, bei denen ich mich auch oft fragte, was das mit dem echten Leben zu tun haben sollte.

Toms Onkel schaute mich unsicher an und bot mir seine Arme zum Trost an. Ich wich voller Enttäuschung aus, spürte, wie mir die Tränen in die Augen schossen und rutschte auf dem Kissen unruhig hin und her. Schließlich stand ich auf und warf Tom einen kurzen Blick zu. Dann lief ich hinaus, durch den Flur und aus der Haustür, schnappte mir das Fahrrad meiner Mutter, schob es den Deich hinauf und dann fuhr ich so schnell ich konnte.

*

Jetzt fing es tatsächlich auch noch an zu regnen, genau, wie Großvater vorhergesagt hatte: erst leicht, dann immer heftiger. Der Regen schlug auf mein Gesicht und vermischte sich mit den Tränen, während ich ziellos über den Deich fuhr. Unterhalb des Deiches tauchte plötzlich der bretterverschlagene Unterstand einer Busstation auf. Ich bremste scharf, ließ das Fahrrad fallen und lief den Deich hinunter. Im Schutz der Haltestelle sank ich auf die Bank und gab meinen Tränen freien Lauf.

Als Tom von seinem seltsamen Onkel erzählt hatte, war ich plötzlich voller Hoffnung gewesen, dass es eine Möglichkeit geben würde, Mama – wenn auch wiedergeboren – zurückzubekommen. Doch jetzt? Was sollte ich jetzt machen? Ich

80

verstand das Gerede der Erwachsenen nicht, weder die blöden tröstenden wollenden Worte meiner Tanten und Onkel auf Mamas Beerdigung noch den Pastor, der Mama nie kennengelernt hatte und sie dennoch jetzt auf dem Weg zu Gott sah. Und ich verstand vor allem nicht, wieso Mama, jetzt, wo sie gestorben war, wachsen wollte?

Plötzlich tauchte Tom auf. Er war pitschnass und setzte sich neben mich auf die Bank. Ich war überrascht, wie er mich finden konnte und schaute ihn verwundert an. Und als ob er meine Frage verstand, sagte er, „Dein Fahrrad lag oben im Gras."

Wir schwiegen einen Moment. Dann richtete ich mich langsam auf und wischte mir die Tränen aus dem Gesicht und war insgeheim dankbar dafür, dass er daraus nicht so ein Ding machte. Er saß einfach nur da und schaute mich an.

„Ich hab' meinen Onkel auch nicht verstanden", gestand er und schaute vorsichtig zu mir herüber.

Und wieder schwiegen wir.

„Wie?", sagte Tom schließlich, als käme ihm ein Gedanke in den Sinn, „wie ist das, wenn jemand stirbt, den man liebhatte?"

Ich hob den Blick und schaute ihn an. „Schlimm" sagte ich. „Einfach nur schlimm".

„Es tut mir leid", sagte er, sah mich kurz an und senkte dann wieder den Kopf. Regenwasser tropfte aus seinen nassen Haaren auf den Boden. Ich schaute ihn an und empfand zum ersten Mal, dass seine Beileidsbekundung echt war und mir keinen Trost versprechen wollte, wo keiner war. Auch er hatte offenbar darauf gehofft, dass sein Onkel helfen konnte.

„Was habt ihr gemacht?", fragte er unsicher. „Ich meine, als es passiert war."

Der prasselnde Regen wurde hörbar leiser. Wir schauten auf und sahen dem Regen zu. Ich dachte über Toms Frage nach und versuchte mich zu erinnern.

„Wir haben gemeinsam einen Sarg ausgesucht", sagte ich und nahm mein Smartphone heraus, scrollte durch mein Fotoalbum, wählte einen Clip aus, drückte auf *Play* und zeigte es Tom. Auf dem Display erschien der Ausstellungsraum eines Bestattungsunternehmens. Die Särge standen aufgereiht im Raum. Ich hatte es aufgenommen, während meine Schwestern den Raum erkundeten. Auch Papa und der Bestatter beobachteten sie. Leonore schien einen Sarg gefunden zu haben, der sie interessierte. Sie streifte die Schuhe von ihren Füßen, kletterte hinein und legte sich flach hin, schloss die Augen und spielte tot. Mein Handy schwenkte zurück. Der Bestatter schaute meinen Vater irritiert an. Papa erwiderte seinen Blick etwas hilflos. Meine Kamera schwenkte zurück. Lina stand neben Leonores Sarg und grinste mich an. Dann brach das Bild ab.

Ich musste plötzlich schmunzeln und schaltete mein Smartphone aus.

„Schließlich hat Papa den Sarg für Mama selbst gebaut", sagte ich und steckte das Smartphone in meine Tasche. „Zusammen haben wir ihn dann bemalt und Mama ihre Lieblingskissen und eine Decke mit in den Sarg gelegt".

Tom schaute mich an. Er wusste nicht, was er sagen sollte. Auch mir fiel nichts ein. Irgendwann lächelten wir einfach. Gemeinsam blickten wir aus dem Unterstand nach draußen, wo der Regen sich aufgelöst hatte und die Sonne hervorkam.

DER LEUCHTTURM

Leonore und ich lümmelten unmotiviert auf dem Sofa im Wohnzimmer herum. Lina lag auf dem Teppich davor und schaute auf ihr Smartphone. Draußen regnete es wieder in Strömen. Es kam mir vor, als ob auf dieser Insel anhaltender Sonnenschein eine Ausnahme sei. Zuhause waren wir froh, wenn es regnete und wir nicht die Straßenbäume vor dem Vertrocknen retten mussten, indem wir haufenweise Gießkannen mit Wasser aus der Wohnung auf die Straße schleppten. Aber Mama fand es wichtig, dass es den Bäumen gut ginge, weil sie uns halfen, diese Welt zu erhalten, wie sie sagte.

Großvater kam vom Holzhacken im Hof und stapfte durch den Flur in das Wohnzimmer. Er schaute uns an. Wir sahen kurz auf. Aber niemand von uns sagte etwas. Ein Schweigen entstand.

„Was ist los mit euch?", fragte er. „Wollt ihr nicht raus?"

Unsere Begeisterung hielt sich in Grenzen.

„Nee, nicht so", sagte Lina. „Es regnet."

Großvater ließ nicht nach und schaute aus dem Fenster.

„Der Regen hat aufgehört."

Wir richteten uns antriebslos auf und sahen zum Fenster. Tatsächlich hatte der Regen nachgelassen und die dunklen Wolken waren der untergehenden Sonne gewichen. Dann ließen wir uns wieder zurückfallen.

„Was haltet ihr davon, wenn ich euch den Leuchtturm zeige?", fragte Großvater.

Wir hoben spontan die Köpfe.

Der Schlüssel in Opas Hand drehte sich im Schloss des Leuchtturms. Großvater schob die Tür mit einem leichten Quietschen auf. Vor uns klaffte ein schwarzes Loch. Wir blieben unsicher zurück, aber Großvater ging vor und griff an der Wand hinter der Tür nach einem Lichtschalter. Ein runder großer und leerer Raum erschien. Lina, Leonore und ich schauten uns erstaunt an. Dann liefen wir Großvater hinterher. An der gegenüberliegenden Wand befand sich eine Wendeltreppe aus Metall, die nach oben führte und in einem schmalen Durchgang an der Decke verschwand. Wir folgten Großvater, der vor uns die Treppe hinaufstieg. Unsere Schritte hallten durch den Raum. Es roch ein wenig muffig nach alter Kleidung oder nassem Papier und der eiserne Handlauf des Geländers fühlte sich kalt an.

Dann erreichten wir eine Plattform. Großvater schaltete das Licht an. Auch hier gab es eine weiterführende Wendeltreppe. Ansonsten war der Raum bis auf einen großen beigefarbenen Metallschrank an der Wand vollständig leer. Großvater blieb vor ihm fast ehrfürchtig stehen. Dann griff er nach den Mulden in den Türen und zog sie vorsichtig auf. Dahinter gab es viele Knöpfe und Dreh-Schalter, die alle auf links gekippt waren.

„Hierüber wurde der Leuchtturm gesteuert", sagte Großvater und zeigte auf einen großen Schalter in der Mitte des Kastens. „Hier wurde er an und abgeschaltet".

Er wirkte nachdenklich und tastete vorsichtig über die Griffe.

„Es sind nur drei Handgriffe."

Großvater ging die alten Abläufe vor seinem inneren Auge durch, griff der Reihe nach die Schalter, als wolle er sie bedienen. Wir schauten ihm dabei zu. Dann senkte Großvater den Kopf, hob ihn und schaute uns an.

„Los, weiter nach oben", sagte er und nickte in Richtung der Wendeltreppe zur nächsten Ebene.

Großvater stieg weiter die metallene Wendeltreppe hinauf. Lina und ich folgten. Ich schaute mich nach Leonore um. Sie war vor dem Schaltkasten stehen geblieben und schien mit eigenwilligen Regungen Großvaters Armbewegungen nachzuahmen.

„Leo?", rief ich ihr fragend hinterher. Dann drehte sie sich um und folgte uns.

Als wir den Umgang erreichten, liefen wir sofort hinaus, lehnten uns über das Geländer und schauten auf das Meer. Der Wind wehte unsere Haare wild durcheinander.

„Wow. Das ist hoch!", sagte Leonore.

Großvater lächelte. „Es geht sogar noch höher."

Wir schauten ihn an. Großvater hob den Kopf und blickte hoch zur Kuppel.

Großvater stieg voraus und wir folgten ihm, kletterten über eine schmale Leiter hinauf und erreichten die oberste Ebene, einen vom schwindenden Tageslicht schwach erhellten Raum mit einer fast alles umrundenden Glaskuppel und schauten hinaus auf das Meer. Großvater trat neben uns und wurde ganz still. Gemeinsam folgten wir mit unseren Blicken den anrollenden Wellen.

Wie, als würden wir einem gemeinsamen Impuls nachgeben, rückten wir näher an Großvater heran, hörten aber nicht auf, auf das Wiegen der Wellen zu schauen und ließen unsere Blicke über den Horizont schweifen. Großvater breitete seine Arme um uns herum und es fühlte sich gut an.

„Wir sind oft hier zusammen gewesen", sagte er. „Eure Mama war gerne hier oben." Er schaute hinaus auf das Meer. „Als sie klein war, hat sie den Schiffen ewig hinterher gewunken, obwohl die sie gar nicht haben sehen können. Später stand sie nur hier und schaute auf das Meer."

Ich stellte mir vor, wie Mama mit Großvater hier an dieser Stelle gestanden und wie sie gemeinsam auf die Wellen im Meer geschaut hatten. Und ich fragte mich, woran sie wohl gedacht hatte. Vielleicht wollte sie einfach nur sie sein, wie ich heute nur ich sein wollte. Und vielleicht hatte sie einfach nur das gleiche Gefühl, dass sich selbst sein, manchmal sehr kompliziert war, so wie ich mir oft gar nicht sicher sein konnte, wer ich eigentlich war. So jedenfalls erging es mir oft und nicht erst seit Mama gestorben war. Und ich empfand in diesem Moment den starken Wunsch, mit ihr reden zu können, um sie zu fragen, wie es ihr ergangen war und wie sie sich gefühlt hatte, als sie so alt gewesen war wie ich in ihrem Alter.

Leonore unterbrach meinen Gedankengang.

„War der Leuchtturm schon immer hier?", wollte sie wissen.

„Nun ja," antwortete Großvater und überlegte, „er war vor allem schon vor meiner Zeit hier. Igaar Vent, also dieser hier, ist weit über zweihundert Jahre alt."

Jetzt wurde Lina stutzig. „Aber vor zweihundert Jahren gab es doch noch gar keinen Strom."

Großvater schien erstaunt. „Ihr wisst wirklich schon eine Menge. In der Tat wurde der Leuchtturm erst Ende des letzten Jahrhunderts auf Elektrizität umgerüstet. Vorher hatte man ihn mit Öl betrieben. Und davor wurden solche Orientierungssignale für die frühe Schiffart sogar mit Holz befeuert."

Wir schauten Großvater an.

„Als eines der sieben Weltwunder gilt bis heute der Leuchtturm von Alexandria. Er wurde vielleicht bereits rund 300 Jahre vor unserer Zeitrechnung erbaut und war zu seiner Zeit das wohl höchste Bauwerk seiner Zeit." Er legte den Finger auf den Mund und überlegte, bevor er fortsetzte: „In seiner Spitze brannte ein Holzfeuer, dass weit über das Meer sichtbar war und den Handelsschiffen jener Zeit eine sicher Orientierung bot.

„Deswegen spricht man auch heute noch von Leuchtfeuern, wenn das Licht eines Leuchtturms gemeint ist." Er lächelte und schaute wieder auf das Wasser. Wir folgten seinem Blick, der voller Erinnerung schien. Doch plötzlich riss er sich aus seinen Gedanken und fragte, „Wollt ihr wissen, wie der Leuchtturm funktioniert?"

Wir waren begeistert. „Jahh!", schrien wir im Chor.

Großvater zeigte auf das gezackte, dicke Glas der großen Linse, die fast einen Meter hoch das Zentrum der Kuppel vor dem großen Fenster ausmachte. „Das ist eine Fresnel-Linse. Sie heißt so, weil ein französischer Physiker mit diesem Namen sie erfunden hat. Das besondere an ihr ist, dass es das Licht auf eine Weise streut, so dass es möglichst weit sichtbar ist.

Wir folgten seinen Worten mit Staunen.

Großvater wendete sich zu einem kleinen Tisch und deutete auf einen Glastrichter und eine Plastikschale.

„Das ist der Leuchtkörper oder Brenner - oder, wenn ihr so wollt - die Glühbirne", sagte er und nahm den Glaskörper vom Tisch auf.

„Aber man muss sehr vorsichtig sein", ermahnte er uns, wärend er uns im Blick behielt.

Großvater nahm die Plastikschale und legte sie um eine zweite Birne, die bereits in ihrer Halterung installiert war.

„Sie ist sehr stark", sagte er, „kann aber auch leicht zerplatzen".

Großvater schloss die Schale und schaute uns an.

„Diese hier ist die Reserve", erklärte er. „Damit sie nicht zu Bruch geht, muss sie eingepackt werden."

Wir waren wie gebannt und warteten, was als nächstes passieren würde.

Großvater setzte behutsam die Hauptleuchte in ihre Fassung und löste von dem Ersatzbrenner die Schutzkappe. Er schaute uns erwartungsvoll an.

„Erinnert ihr euch an den Stromkasten unten?", fragte er.

Wir nickten.

Er müsse hinunter gehen und den Strom einschalten, erklärte er und stieg die Treppe hinunter. Wir schauten ihm hinterher, wie er durch die Luke nach unten verschwand. Seine Schritte hallten zu uns herauf. Dann wendeten wir uns aufgeregt zum Lichtspiegel und zum Meer und warteten darauf, was passieren würde.

„Achtung!", rief Großvater von unten.

Dann flammte ein helles Licht im Inneren der Kuppel auf und begann sich langsam zu drehen: auf der einen Seite strahlte es rot, in der Mitte hell weiß und am rechten Rand grün. Wir schauten uns erstaunt um. Das Licht war sehr grell und wir bekamen ein wenig Angst. Schnell kletterten wir die Leiter zur Aussichtsebene hinunter, traten zurück auf den Umlauf und folgten dem Leuchtstrahl. Gemeinsam sahen wir hinaus und folgen dem Licht, wie es über das Meer kreiste.

Großvater kletterte wieder nach oben.

„Warum ist das Glas so gezackt und auf der einen Seite grün und der anderen rot?", fragt Lina.

Großvater trat neben uns und sah hinaus. „Die Linse streut das Licht auf eine besondere Weise, sodass es möglichst weit sichtbar ist. Und durch die Farben an ihren Rändern konnte der Leuchtturm die Schiffe sogar vor gefährlichen Sandbänken warnen", sagte Großvater. Davon gäbe es hier viele. Die Schiffe würden von ihrer Position nur eine Farbe des Lichts sehen. Schifften sie in den grünen Bereich, wüssten sie, dass sie zu nahe an den westlichen Sandbänken wären, sähen sie das rote Licht, wären sie in Gefahr an den östlichen Bänken auf Sand zu laufen und sollten unbedingt ihren Kurs ändern. Nur wenn sie das weiße Licht sahen, wären sie auf sicherer Fahrt.

Wir Geschwister waren beeindruckt. Gemeinsam schauten wir auf das Meer, während der gewaltige Lichtkegel über das Wasser kreiste.

FISCHGRÄTEN

Ich stand aufgeregt vor der Klasse und hielt ein Papier mit meinen Notizen unsicher in meinen Händen. Frau Dalgau trat neben mich und legte mir ihre Hand schonend auf den Rücken. Ich schaute zu ihr hoch und sie lächelte mir zu. Dann wendete sie sich an die Klasse.

„Ihr wisst", sagte sie und schaute in die Runde, „dass wir uns reihum immer wieder davon erzählen wollen, womit wir uns gerade am meisten beschäftigen."

Die Klasse nickte ihr zu.

„Heute ist Stine dran und erzählt uns, was ihr gerade besonders wichtig ist."

Frau Dalgau setzte sich und sah mich mit einem aufmunternden Lächeln an. Ich hob unsicher den Blick zur Klasse. Lina, Leonore und auch Tom schauten mich erwartungsvoll an. Ich presste die Hand um das Papier, auf dem ich meine Notizen gemacht hatte. Dann gab ich mir einen Ruck.

„Wir alle, glaube ich, finden Wunder toll," sagte ich, „weil sie in allem vorkommen, was unsere Eltern uns erzählt haben: in allen Geschichten mit Monstern und Heldinnen, den Mythologien der Griechen oder den Filmen, die wir im Fernsehen gesehen haben. Sogar im Internet kann man wunderwirksame Medizin kaufen, die für oder gegen vieles helfen soll. Aber glauben wir wirklich daran? Oder an den Weihnachtsmann?".

Leonore und einige jüngere Kinder in der Klasse schauten auf.

„Oder an den Osterhasen?", fügte ich hinzu. Jetzt sahen auch noch ein paar mehr Kinder auf.

„Ich habe gelesen, dass Menschen, die vor sehr langer Zeit gelebt haben, die Welt sehr wundersam erlebten. Und wenn dann jemand Dinge vollbrachte oder erlebte, die kaum möglich erschienen oder einfach Dinge geschahen, die sie nicht verstanden, dass sie dann von *Wuntar* sprachen. Wenn etwas passierte, dass anders war, als was sie bisher über die Natur wussten, wollten sie eine Erklärung. Doch sie hatten keine."

Ich machte eine Pause und schaute in die Gesichter der Mädchen und Jungen in der Klasse. Ich glaubte, die meisten verstanden gar nicht, worüber ich redete. Jona und Gustav flüsterten sich während meines Vortrags dauernd gegenseitig etwas zu und Florentine malte mit verschiedenen Buntstiften in einem Heft. Ich wurde unsicher und schaute zu Frau Dalgau, die mir zulächelte und mir aufmunternd zunickte. Sie schien zu verstehen, was ich sagen wollte. Das gab mir Mut und ich schaute erneut nach vorne.

Ich erzählte von den Kelten und ihren Wundergeschichten und dem Volk der Goten, die eigentümliche Rituale kannten, wie sie ihre Wunder heiligten. Ich wusste nicht viel von ihnen, nur das, was ich gelesen hatte. Aber sie alle glaubten daran, dass die Welt voller Wunder war. Und sie waren voll des Respekts vor ihnen und ihren Ahnen, also ihren Verstorbenen, die genauso in die Welt der Wunder gehörten.

„Trotzdem darf man nicht aufgeben", sagte ich fest. „Wenn du etwas nicht verstehst, musst du nach der Antwort suchen. Ich glaube, es gibt auch in unserer Welt immer noch viel zu viele Dinge, die wir nicht verstehen."

Die Schüler und Schülerinnen sahen mich jetzt an.

Tom warf Jona und Gustav einen strengen Blick zu und als hätten sie seinen Blick gesehen, schauten sie auf, verstummten augenblicklich und beendeten ihr Getuschel.

„Ich will versuchen, Antworten auf möglichst alle Dinge zu finden, die wir uns nicht erklären können", sagte ich. „Wunder, die gut sind, aber auch solche, die nicht gut sind".

Dann schoss mir plötzlich ein Gedanke in den Kopf: „Wenn wir den Glauben an Wunder verlieren, verschwindet vielleicht auch unser Gefühl füreinander," sagte ich. „Weil alle nur auf das schauen, was sie kennen und alles Neue sie verwirrt. Dann wollen sie, dass alles nur beim Alten bleibt, so wie sie es immer kannten. Und sie wollen kein neues Wissen, weil alles Neue ihnen Angst macht."

Ich fuhr fort, dass es eine Zeit gab, als einige Wissenschaftler – Wissenschaftlerinnen hatte es bis dahin ja noch nicht gegeben, weil es Frauen gar nicht erlaubt gewesen war, etwas anderes zu tun, als ihre Ehemänner zu unterstützen; was nichts anderes bedeutete, als dass sie zuhause blieben, bei der Ernte mithalfen und für die gemeinsamen Kinder sorgen sollten – also als diese Wissenschaftler sich gegen die Kirche aussprachen, weil die immer behauptete, dass am Ende alles Gott entschieden habe, da waren sie anderer Meinung und wollten, dass allein die Wissenschaft mit ihren neuen Erkenntnissen die Welt erklären sollte, auch wenn sie noch nicht alle Antworten kannten. Vieles blieb offen, was die neuen Wissenschaften nicht beantworten konnten. Und auf manche Fragen hatten wir schließlich auch bis heute noch keine wirkliche Antwort.

Andererseits dachte ich für mich und hielt einen Moment lang inne: wenn wir uns die Welt allein nach unserem eigenen Bauchgefühl erklären würden, dann hörten wir auch auf, darauf zu vertrauen, was wir von der Wissenschaft lernen könnten, und dann glaubten wir am Ende an gar nichts mehr. Ich wollte aber Gewissheit und Vertrauen finden, gerade jetzt, wo alles, was ich bisher als sicher empfunden hatte, durch Mamas Tod plötzlich infrage gestellt war.

Irgendwo musste es doch eine Antwort darauf geben, wohin Mama gegangen war. Ich wollte einfach nur wissen, was wir sicher wussten und wovon wir eigentlich gar keine Ahnung hatten. Aber das sagte ich alles nicht.

Stattdessen sprach ich noch eine Weile darüber, was ich über die Menschen, die vor mehr als zweihundert Jahren gelebt hatten, ihre Fragen und ihre Kritik an der Kirche gelesen hatte. Aber dann fiel mir nichts mehr ein und ich schwieg.

Frau Dalgau begann zu klatschen.

Die Kinder folgten ihr und stimmten mit ein. Ich lächelte verlegen. Lina und Leonore schauten sich fragend an, während sie dennoch Beifall klatschen. Lina senkte ihren Blick. Ich glaubte, sie fand beinahe alles blöd, wie ich mit Mamas Tod umging. Meine Fragen interessierten sie nicht und sie schien auch keine eigenen zu haben. Jedenfalls sagte sie nichts. Sie schaute auf mich als meine jüngere Schwester, aber sie misstraute mir. Das spürte ich sehr genau. Ich wurde aus ihr nicht schlau. Dabei hätte ich sie oft so gerne als meine Verbündete an meiner Seite gehabt.

*

Die große Pause hatte begonnen. Alle Kinder und auch die Lehrerin hatten das Klassenzimmer verlassen. Ich schaute aus dem Fenster in den Schulhof. Leonore lag kerzengerade und bewegungslos auf dem Spielplatz der Schule mit auf der Brust gefalteten Händen im Sand. Einige Kinder näherten sich unsicher, und versuchten, sie zu wecken.

Ich öffnete das Fenster und beuge mich hinaus.

„Alles Ok?", fragte eines der Mädchen und ging vor
Leonore auf die Knie. Die anderen Mädchen blieben stehen
und schauten ihrer Freundin über den Rücken.

Leonore antwortete nicht. Das Mädchen rüttelte an ihr. Leonore zeigte keine Reaktion. Die Kinder starrten sich ratlos an. Ich kannte diese Spiele von meiner jüngsten Schwester. Auch Lina lief vorbei, als sie vom Sportplatz auf das Schulgebäude zurücklief. Sie sah unsere Schwester und rief ihr, ohne stehen zu bleiben, zu: „Du bist nicht tot, Leo. Du kannst wieder aufstehen."

Die Mädchen schauten Lina verständnislos hinterher, weil sie sich nicht erklären konnten, weshalb selbst ihre eigene Schwester in dieser Situation so unbekümmert blieb. Aber kaum, dass Lina vorbei gegangen war, schlug Leonore die Augen auf, stand auf und klopfte sich den Sand von den Kleidern, bevor sie meiner Schwester hinterhertrabte. Die Mädchen schauten sich irritiert an.

*

Großvater bereitete das Abendessen. Wir schauten ihm vom gedeckten Wohnzimmertisch her zu, wie er mit Pfannen und Töpfen hantierte. Großvater tischte auf und servierte schwunghaft den gebratenen Fisch auf die Teller und stellte Kartoffeln und Erbsen in Töpfen auf den Tisch.

„Selbst gefangen", verkündete er stolz. „Heute Morgen".

Lina und ich ahnten, was jetzt kommen würde und senkten vorsichtshalber den Blick.

„Ich mag nur Fischstäbchen", sagte Leonore tonlos, schob ihren Teller von sich und die Art, wie sie es sagte, machte deutlich, dass sie in ihrer Haltung unmissverständlich sein wollte. Großvater sah auf. Er wirkte kurz verwirrt. Dann schaute er uns streng an.

„So etwas gibt es hier nicht", sagte er. „Fischstäbchen sind genauso schlimm, wie Tütensuppen. Hier am Meer gibt es nur echten Fisch."

Wir waren erschrocken über die plötzlich wiederkehrende Strenge Großvaters. Er merkte es und bekam etwas Nachdenkliches in seinem Blick und dann auch etwas Mildes in seiner Stimme.

„Eure Mama hat Scholle geliebt," sagte er, wie beiläufig.

Er griff eine Zitronenhälfte aus einer Schale und drückte ihren Saft auf seine Scholle, während er uns aufmunternd zunickte. „…besonders, wenn etwas Zitrone hinzukam".

Er schob die Schale mit den Zitronenhälften vorsichtig in Leonores Richtung.

Leonore schaute ihren Großvater an.

Lina und ich sahen dem Geschehen zu.

„Aber!", rief Großvater.

Wir blickten auf.

„Ihr müsst aufpassen", sagte er. „Die Gräten sind gemeingefährlich und können im Hals zwicken. Nur wenn ihr es richtig macht…". Er gab es mit spielerischer Leidenschaft vor, hob gespielt vornehm nur die oberste Fleischschicht auf die Gabel und führte sie zum Mund, „ist es lecker."

Dann ließ er den Fisch bei geschlossenen Augen auf seiner Zunge zergehen.

„Kein Fischstäbchen kann je erreichen, was dieser Scholle gelingt und eure Mama wäre glücklich, jetzt hier zu sein".

Großvater erstarrte über seine Worte. Lina und ich sahen uns an. Doch Leonore fand ihren Großvater lustig, zog selbstbewusst den Teller mit der Scholle zu sich und griff nach einem Zitronenviertel und drückte es über dem Fisch aus. Vorsichtig nahm sie mit dem Besteck die Scholle in Angriff. Wir drei schauten ihr wortlos zu, wie sie eine Gabel zum Mund führte und kaute.

Sie prustete begeistert und sagte: „Es schmeckt", und lächelte uns an.

Lina, Großvater und ich konnten uns ein Grinsen nicht verkneifen.

Gemeinsam begannen wir freudig mit dem Essen.

*

Ich lag im Bett und scrollte durch die Videos auf meinem Tablet. Leonore war bereits in meinem Rücken eingeschlafen. Schließlich wurde ich fündig und klickte auf einen Clip: Mama lag tief eingegraben im Krankenhausbett und schlief.

„Mama? Mama?!", rief ich aus dem Hintergrund. Doch Mama wachte nicht auf.

Ich wusste noch, wie ich dort am Fenster im Gang gestanden hatte, von wo aus ich sie in ihrem Bett sehen konnte, auch wenn die Besuchszeit längst vorüber gewesen war. Aber die Schwestern der Station hatten bei uns immer eine Ausnahme gemacht, uns manchmal auch durch die Haare gestrichen oder etwas Tröstendes ins Ohr geflüstert. Dabei müssen sie eigentlich gewusst haben, wie es um Mama gestanden hatte. Ich bin nicht wütend darüber, dass sie uns belogen haben, weil ich mir sicher bin, dass sie es nur gut mit uns gemeint hatten. Die Wahrheit, dass Mama im Sterben lag, hätten wir mit Sicherheit auch nicht hören wollen.

Ich beendete das Video und schaltete mein Tablet aus, kämpfte mit den Tränen und vergrub mein Gesicht in den Kissen, bis ich schließlich einschlief.

*

Lina, Leonore und ich liefen mit Schwimmwesten über unseren Jacken bekleidet Großvater über einen langen

Anlegesteg hinterher. Die Wolken waren noch unentschieden, wieviel Platz sie der Sonne lassen wollten, doch immer wieder gelang es ihr, sich ihren zu erkämpfen. Die Westen nervten etwas, weil sie am Hals kratzten, aber Großvater hatte darauf bestanden, dass wir sie trugen. Sonst, so hatte er uns gedroht, würde er nicht mit uns aufs Meer fahren. Aber natürlich wollten wir unbedingt mit dem Boot aufs Meer, weshalb wir das mit den Schwimmwesten schließlich akzeptiert hatten.

Vor zwei kleinen Motorbooten blieb er plötzlich stehen und wendete sich uns zu.

„Das sind meine Motorboote", sagte er und zeigte stolz auf zwei kleine Holzboote, die unterhalb des Kais zwischen den großen Booten im Hafen lagen. Wir schauten uns ein wenig enttäuscht an. Tatsächlich hatten wir uns eines der großen Boote vorgestellt, mit denen Großvater mit uns hinaus aufs Meer fahren wollte. Ich hatte ihn neulich auf einem viel Größeren davon gesehen, als ich ihn im Hafen besuchte, um ihn wegen Mamas möglicher Wiedergeburt zu befragen.

Großvater stieg die Trittsteige einer kleinen Leiter hinunter und kletterte auf das hintere der beiden Boote. Er schaute zu uns hoch und winkte uns zu, ihm zu folgen.

„Kommt herunter. Ich zeige euch, wie sie funktionieren".

Wir kletterten hinterher und Großvater half uns beim Einsteigen.

Mit viel Wackeln und etwas Angst hatten meine Schwestern und ich endlich auf der mittleren Sitzbank nebeneinander Platz gefunden. Wir schauten uns erleichtert an. Großvater setzte sich ans Heck, das Ende eines Bootes, wie ich gelernt hatte.

„Eigentlich ist es ein Ruderboot, das bis zu vier Menschen gleichzeitig rudern können", sagte er stolz. „Aber natürlich…", er zeigte auf einen Außenbordmotor hinter sich, „hat es auch einen Motor."

Er löste eine Halterung aus und der Motor tauchte nach hinten ab ins Wasser. Ich stand auf und schaute hinterher. Ein Boot, dass gerudert und gleichzeitig durch einen Motor bewegt werden konnte, fand ich spannend.

Großvater sah mich an. „Wenn du willst", sagte er, „kannst du ihn starten".

Ich stand auf und setze mich neben ihn. Dann zeigte Großvater, wie es ging und riss an einer Leine, die mit dem Motor verbunden war. Der Motor sprang sofort an, aber Großvater drehte an einem Hebel an seinem Gehäuse und der Motor ebbte sofort wieder ab und verstummte.

„Jetzt du", sagte er und gab mir den Griff am Ende der Leine in die Hand.

Ich schaute meinen Großvater unsicher an. Dann zog ich fest daran, aber der Motor gab nur ein blubberndes Geräusch von sich, bevor er wieder verebbte.

„Fester", rief Großvater.

Jetzt zog ich mit all meiner Kraft. Der Motor sprang tatsächlich an und das Boot nahm so schnell Fahrt auf, dass ich meinem Großvater in die Arme fiel. Großvater fing mich auf und lachte während er nach dem Steuerhebel griff und geschickt das Boot an einem Kutter vor uns vorbeilenkte.

Wir drehten eine turbulente Runde im Hafenbecken. Großvater grinste uns zu, während er den exakt gleichen Liegeplatz ansteuerte, den das Boot anfangs innehatte.

„Seht ihr", sagte er und strahlte uns mit einem fast kindlichen Lächeln an. „Und das ist all der Zauber."

Wir waren alle beeindruckt.

Großvater vertäute das Boot an seinem Liegeplatz und wendete sich mit plötzlichem Ernst uns zu.

„Ihr dürft die Boote nur benutzen, wenn ich in der Nähe bin, hört ihr?".

Wir nickten und sahen uns verunsichert an.

„Es ist auch nur für Fahrten in Küstennähe gedacht", erklärte er und warf uns einen prüfenden Blick zu. „Für Fahrten auf hoher See sind sie nicht geeignet".

Leonora schaute enttäuscht auf. „Aber ich dachte, wir wollen doch zu der Robbeninsel?"

Großvater sah sie sanftmütig an und hob den Blick zu einen Fischkutter vor uns. Jetzt grinste er und zeigte mit seinem Daumen hinter sich. „Ja, aber dafür nehmen wir den da."

Wir folgten seinem Blick auf den immensen Bug, der hinter uns aufragte, einen großen Fischkutter, der ruhig vor uns am Kai im Hafenbecken pendelte. Jetzt erkannte ich ihn wieder. Es war das Boot auf dem Großvater im Motorraum gearbeitet hatte, als ich ihn wegen Mamas möglicher Wiedergeburt befragt hatte.

*

Ich lehnte über die Bordwand von Großvaters Fischkutter und schaute aufs Meer. Lina kam hinzu und wir sahen uns lächelnd an. Großvater stand im Steuerhaus und richtete den Kurs. Leonore kauerte in der offenen Tür und beobachtete ihn. Das Schiff fuhr schnell über die Wellen der See. Lina und ich richteten uns auf und liefen zum Steuerhaus.

Großvater nickte Leonore zu und schob mit dem Fuß eine Werkzeugkiste vor das Steuerrad.

„Willst du übernehmen?", fragte er und sah sie an.

Leonore nickte eifrig, stieg auf die Werkzeugkiste und griff nach dem Steuerrad.

Großvater schaute ihr zu. Dann zeigte er auf den Kompass vor ihr.

„Siehst du die Nadel?".

Lina nickte.

„Achte darauf, dass das Boot immer zwischen den beiden Strichen bleibt."

Leonore hob den Kopf und schaute voller Stolz nach vorne.

Großvater nahm die Hände vom Rad und drehte sich zur Tür.

„Ich komme gleich wieder", sagte er und stieg aus dem Steuerhaus an Deck.

Plötzlich war aller Stolz aus Leonores Gesicht verschwunden. Nervös schaute sie Großvater hinterher und presste die Lippen aufeinander. Auch Lina und ich schauten besorgt auf und fragten uns, wohin Großvater jetzt unbedingt gehen musste.

Großvater schien unsere Blicke zu spüren und schaute sich noch einmal zu Leonore um.

„Hier ist überall nur Wasser," rief er ihr mit einem Lächeln zu. „Nichts, wogegen du fahren könntest."

„Und was ist mit Walen?" Leonore schaute ihm unsicher hinterher, aber Großvater war bereits durch eine Luke unter Deck verschwunden.

Leonore und ich versammelten uns um unsere Schwester.

„Fährst du das Schiff etwa allein?", fragte Lina und schaute an Leonore und ihren Händen vorbei über das Steuerrad.

Leonore versuchte ihre Unsicherheit zu verbergen, aber ich merkte an ihrem Blick und den Händen, die das Steuerrad fest im Griff hielten, wie angespannt sie war.

„Alles cool", antwortete Leonore und versuchte genauso auszusehen. „Aber ich muss auf den Kurs achten," schob sie hinterher.

Sie behielt den Kompass genau im Auge. Lina und ich sahen sie beeindruckt an. Auch in ihrer Angst zeigte sie so etwas wie Zuversicht, auch schwierige Situationen, wie diese zu meistern.

Endlich kehrte Großvater zurück an Deck und für einen kurzen Augenblick konnte ich sehen, dass er grinste. War es für ihn nur ein Spaß gewesen, uns Angst einzujagen, weil er wusste, dass er uns keiner Gefahr aussetzen würde? Er stieg in die Steuerkabine und nickte Lina und mir zu.

„Na, wollt ihr auch mal?", fragte er und schaute Lina und mich an.

Lina nickte begeistert. Ich zögerte und sah Großvater mit unsicherem Blick an. Großvater schob Lina vor. Leonore wich ein wenig enttäuscht zurück und Lina stieg auf den Werkzeugkasten. Großvater führte Linas Hände an das Steuerrad und ließ los. Er hob den Arm und zeigte nach vorne.

„Siehst du den grauen Schatten dort über dem Meer?"

Lina schaute über das Steuerrad in die Ferne und glaubte zu wissen, was Großvater meinte. Sie nickte.

„Ja!", rief sie und warf Großvater einen schnellen Blick zu, bevor sie sich auf das Steuern konzentrierte.

„Da wollen wir hin", sagte er und griff vorsichtig nach dem Steuer, das Lina in der Hand hielt. Nur leicht korrigierte er ihre rechte Hand nach oben und nickte ihr wohlwollend zu.

Ich schaute mich auf der Konsole des Steuerhauses um und entdeckte einen Monitor mit kreisendem Strich auf einem grün leuchtenden Hintergrund. Ich zeigte darauf und blickte zu Großvater auf.

„Was ist das?", fragte ich.

„Das ist das Radar", sagte Großvater. „Damit kann ich andere Schiffe in der Umgebung sehen - auch bei Nacht und sogar bei Nebel."

Ich schaute auf den Monitor. Der Sensor kreiste, aber er zeigte nichts an.

„Hier passiert gar nichts", sagte ich und schaute fragend zurück.

Großvater griff sanft in das Steuerrad, schaute mich aber weiterhin an.

„Weil niemand in der Nähe ist", sagte er. „Hier sind wir fast ganz allein."

„Wieso nur fast?", fragte Lina ängstlich und auch ich spürte ihre Angst.

Großvater drosselte den Motor und ließ den Kutter austreiben. Wir schauten ihn an. Großvater lächelte und wies zum Bug. Gemeinsam schauten wir nach vorne. Langsam trieb das Schiff an einer Sandbank entlang. Darauf tummelten sich zahlreiche Robben. Wir Schwestern liefen aus dem Steuerhaus an die Reling und schauten aufgeregt zu ihnen hinüber. Großvater lächelte uns zufrieden zu. Wir waren begeistert und winkten den Robben zu, die immer wieder ihre Flossen zusammenklatschten.

WANN WIR STERBEN

Wir saßen zusammen mit Großvater am Wohnzimmertisch und spielten ein kompliziertes Brettspiel. Großvater hatte es uns beigebracht. Es war ähnlich, wie Mensch-ärgere-dich-nicht, aber es gab viel mehr Regeln und man durfte sogar schummeln. Leonore hatte dabei die meisten Probleme, weil sie Schummeln nicht gut konnte. Daher versuchten wir es ihr gegenüber weniger oft zu tun, schauten uns aber immer wieder an und zwinkerten uns zu. Es machte wirklich Spaß und wir lachten viel bis zu dem Moment, als Lina Großvater aus dem Spiel würfelte. Leonore und ich strahlten uns immer noch an, doch Großvater warf einen so strengen Blick auf Leonore, dass unsere Freude sofort erlosch. Auch Leonore war verunsichert. Doch dann grinste Großvater.

„Na, warte", sagte er und setzte mit seinem Würfelergebnis Linas Figuren nach.

Wir waren erleichtert und spielten weiter. Großvater holte sogar auf und kam unseren Figuren gefährlich nahe. Lina und ich schauten uns besorgt an.

„Wie ist Oma denn so gewesen?", fragte Leonore plötzlich, so als hätte das Spiel überhaupt keine Bedeutung.

Großvater war überrascht. Er schaute auf die Würfel in seinen Händen. Er stockte und dachte nach.

„Sie war besonders", sagte er und lächelte uns an. Und als sähe er Großmutter vor seinen Augen, fügte er hinzu: „Sie hatte magische Kräfte."

„Wirklich?", fragte Leonore.

Großvater antwortete nicht und würfelte stattdessen. Seine Augenzahl hätte ihm erlaubt, Leonore rauszuwerfen. Leonore erstarrte. Großvater schaute zu Lina und mir und zog schließlich eine andere seiner Figuren, um die Punktzahl seines Würfels auf eine ungefährliche Position auf dem Spielbrett.

„Doch, wirklich. Sie wollte sogar immer einen Schatz heben. Jeden zweiten Freitagabend spielte sie Bingo in der Stadthalle mit den Alten der Insel."

„Und du nicht?", fragte Leonore.

„Nicht so mein Ding", erwiderte er abwehrend.

Großvater dachte nach. Er schien sich das Bild meiner Oma in der Stadthalle beim Bingo-Spiel vorzustellen und versank für einen kurzen Augenblick in seinen Gedanken. Doch dann erwachte er wieder und schüttelte den Kopf, als wollte er dieses Bild wegwischen. Dann richtete er sich auf und sah uns nacheinander an.

„Aber an dem Abend bevor sie starb, kam sie zurück und war sehr aufgekratzt. Doch sie wollte nichts erzählen. Sie meinte nur, sie habe tatsächlich gewonnen."

„Und dann?", Leonore sah ihn mit weit aufgerissenen Augen erwartungsvoll an. Auch Lina und ich waren gespannt, zu hören, wie es weiter gegangen war.

Großvater schüttelte den Kopf.

„Was soll sie schon gewonnen haben?", sagte er. Sie waren dort vielleicht zwanzig oder dreißig alte Menschen mit kaum mehr als einem kleinen Einsatz ihres Beitrags zusammen und hatten Spaß. Aber einen wirklichen Schatz hätte sie dort wohl nicht heben können, denn gewinnen kann man ja nur, was alle anderen mit ihrem Eintritt eingezahlt haben." Er zuckte mit den Schultern.

Wir warteten ab und hofften, er würde uns mehr erzählen.

„Am nächsten Morgen…“ Großvater wirkte plötzlich verzweifelt und wich unserem Blick aus. „…ich hab' versucht sie zu wecken,“ stotterte er, „aber sie ist einfach nicht mehr aufgewacht.“

Großvater senkte den Kopf.

Wir standen spontan von unseren Stühlen auf und nahmen Großvater in den Arm. Ich spürte, dass er erst zögerte. Doch dann nahm er es an.

Ich hatte meine Oma nie wirklich kennengelernt. Ich glaube, sie war nett, weil Mama lustige Dinge über sie erzählt hatte. Aber eigentlich wusste ich gar nichts über sie. Ich vermutete, Mama und mein Großvater hatten einen Streit. Ich wusste nicht genau, worum es dabei gegangen war, aber ich hatte Mama und Papa manchmal gehört, wie sie laut über Großvater und Großmutter gestritten hatten. Ich glaubte, Papa fand, dass wir unsere Großeltern kennen sollten, aber Mama war dagegen gewesen und meinte, da es ihre Eltern seien, könnte sie auch in dieser Frage bestimmen.

*

Wieder ein Wochenende und keine Schule. Ich hatte Lust mich zu bewegen und wollte raus. Irgendetwas schien mich zu treiben, dass ich mir nicht wirklich erklären konnte. Das Wetter war toll, die Sonne schien und nur ein leichter Wind wehte, genau wie ich es mochte. Ich konnte das Ende unseres gemeinsamen Frühstücks kaum abwarten. Dann stieg ich auf Mamas altes Fahrrad und radelte los, über den Kiesweg, der vom Leuchtturm weg und auf die Landstraße führte, die Dorfstraße entlang. So genau wusste ich nicht, wohin ich wollte, einfach nur los und den Wind in meinem Gesicht spüren. Ich hörte das Quietschen der Kette und spürte, wie schwer sich das Lager treten ließ, aber ich fuhr immer weiter. Und ich fragte mich, wie Mama sich gefühlt haben musste, als sie, wie ich jetzt, mit dem Fahrrad die Landstraße zwischen den Bäumen entlang gefahren war. Woran hatte sie wohl gedacht? Hatte sie auch diese allgegenwärtige Anspannung oder insgeheime Aufregung verspürt, wie ich sie jetzt immer wieder empfand, seit wir hier waren? Wonach hatte Mama gesucht?

Hinter der Kirche bog ich ab und folgte der Straße zu einer alten Windmühle. Und plötzlich näherte ich mich dem Haus, in dem Tom wohnte. Ein Mädchen aus der Klasse, die ich beiläufig gefragt hatte, wusste, dass er nahe einer alten Mühle am Rand des Dorfes mit seinen Eltern wohnte. Ich bremste ab und schaute hinüber. Tatsächlich saß Tom vor dem Haus und schraubte an seinem Fahrrad und machte sich mit einem Stift auf einem Blatt Papier Notizen. Ich sah ihm zu und überlegte kurz, ob es blöd wäre, zu ihm zu fahren, um „hallo" zu sagen, fand dann aber, „hallo"-Sagen konnte gar nicht blöd sein. Alles andere wäre unhöflich gewesen. Wir trafen uns ja eigentlich nur zufällig.

Trotzdem war es mir wichtig, nicht wie eine lahme Ente auszusehen und trat extra stark in die Pedale. Knapp vor ihm bremste ich ab und schaffte es gerade, Mamas Fahrrad zum Halten zu bringen. Tom schaute überrascht auf.

Wir sahen uns an. Ich merkte, dass ich einen Fehler gemacht hatte, weil mein Plan nur für den ersten Impuls gereicht hatte, aber dass ich gar keine echte Strategie im Kopf hatte.

„Hey", sagte Tom und legte sein Werkzeug aus der Hand.

Ich weiß nicht, ob ich jemals in solch einer schwierigen Situation gesteckt hatte. Ich nahm mir vor, im Internet nachzuschauen, ob es Vorschläge gab, wie mit peinlichen Momenten, wie diesen ganz locker umgegangen werden konnte. Aber in dem Moment war ich ratlos, nestelte an meiner

Fahrradklingel herum und fragte mich, welche Suchbegriffe ich für diese Problematik einzugeben hätte.

„Hey", antwortete ich und fragte „Was machst du?", um Zeit zu gewinnen.

Tom schaute mich irritiert an. Wahrscheinlich fragte er sich, was ich nicht verstand, was doch offensichtlich war.

„Ich repariere mein Fahrrad", sagte Tom.

Ich suchte mit meinem Blick Zuflucht in den umliegenden Bäumen. Dann fiel mir etwas ein.

„Auch mein Fahrrad ist ein wenig eingerostet. Mein Großvater sagt, meine Mama habe das Fahrrad zuletzt gefahren, als sie so alt war, wie ich. Hast du vielleicht etwas Öl?"

Tom stand auf und nickte mir zu, bevor er auf ein altes Gartenhäuschen zuging. Ich schaute ihm nach. Gleich darauf kehrte er zurück und trug eine kleine Ölflasche mit sich. Ich hob das Hinterrad an und drehte die Pedale und Tom träufelte das Öl auf die Kette. Wir schauten uns an und lächelten verlegen. Das Rad lief ohne Quietschen oder Knarren und ich lächelte zufrieden.

Tom schrieb seine Telefonnummer auf seinen Zettel, riss den Teil vorsichtig heraus und streckte ihn mir mit einem selbstbewussten Grinsen entgegen.

„Wenn du wieder mal Hilfe brauchst?"

Ich griff danach und steckte ihn ein. Wir schauten uns unsicher an.

„Hast du Lust, mit mir zum Nordstrand zu fahren?", fragte ich und versuchte möglichst beiläufig zu klingen. Dabei bedeutete es mir eigentlich sehr viel, dass er mich begleitete. Aber aus irgendeinem Grund wollte ich ihm das nicht zeigen.

Tom schaute auf.

„OK", sagte er und wischte seine Hände an einem Tuch ab. „Aber nur, wenn du nicht so schnell fährst."

Ich grinste.

Gemeinsam fuhren wir los.

*

Am Nordstrand wehte der Wind deutlich stärker und trieb gelbe Schaumkronen mit den Wellen zum Strand. Tom und ich standen auf der Düne und sahen auf das raue Meer. Ich starrte auf die Wellen, dann schaute ich zu ihm: Ich mochte seinen kurzen Haarschnitt, die Nase, die fast ein wenig klein für sein Gesicht wirkte und die Augen, die blau leuchteten und immer in Bewegung zu sein schienen. Bis auf diesen Moment. Tom schaute mich nicht an, nur auf das Meer. Wir standen dicht beieinander. Tom senkte seinen Blick auf meine Hand und suchte vorsichtig nach ihrer Nähe. Ich sah es, aber ich fixierte weiter meinen Blick auf das Meer. Unsere Hände konnten sich beinahe berühren. Das Meer brauste auf und schlug laute Wellen gegen den Strand.

Dann wurde mir alles plötzlich viel zu viel. Und auf einmal war mir kalt. Ich schaute Tom an, dann wendete ich mich ab und ging.

Ich warf einen kurzen Blick zurück, weil ich ein schlechtes Gewissen hatte, seine Gefühle enttäuscht zu haben, ohne wirklich beschreiben zu können, wodurch. Tom sah mir mit gesenktem Blick hinterher. Für einen Moment noch blieb er wie erstarrt stehen. Dann lief er mir nach, nahm sein Fahrrad auf und folgte mir.

*

Ich lag aufrecht im Bett gegen die Rückwand meines Kopfendes gelehnt. Ich nahm das Tablet und klickte auf *meineWunder-App*. Es öffnete sich eine Voice-Box. Ich beugte mich zum

Mikrofon, um nicht zu laut sprechen zu müssen, obwohl ich ganz allein war in unserem Zimmer. Ich versuchte, meine Gedanken zu sortieren und drückte auf *Aufnahme.*

„Ich bin gerade ein bisschen verwirrt. Ich meine, da ist dieser Junge, also Tom und der ist auch irgendwie nett aber irgendwie auch komisch. Trotzdem muss ich dauernd an ihn denken. Aber wenn er da ist, dann habe ich irgendwie nur Pudding im Kopf."

Tatsächlich war er vielleicht der einzige Junge in der Klasse, der gar nicht versuchte, cool zu sein, so wie die anderen, die jede Gelegenheit nutzten, sich irgendwie aufzuspielen. Ich mochte ihn, aber ich konnte gar nicht wirklich sagen, warum.

Ich überlegte kurz.

Ich fragte mich, ob ich das auch in die Liste der Wunder aufnehmen sollte, weil ich es mir nicht erklären konnte."

Ich drückte auf *Pause*, ließ das Tablet auf meinen Schoß sinken und musste kurz nachdenken. Aber dann, glaubte ich, eine Antwort gefunden zu haben, hob das Tablet auf und drückte die Aufnahmetaste.

„Ich glaube, es ist besser, wenn ich das erst noch mal beobachte und abwarte", erklärte ich, schaltete die App aus und legte das Tablett in meinen Schoß.

Lina und Leonore kamen vom Zähneputzen herein und legten sich in ihre Betten.

Leonore blickte nach oben zu mir. „Kann ich wieder bei dir schlafen?"

Ich schaute über die Bettkannte nach unten.

„Na klar", sagte ich und legte das Tablet auf ein kleines Regal an der Wand.

Leonore kletterte die Leiter nach oben. Lina schaute ihr hinterher.

„Kann ich auch dazu kommen?", fragte sie.

Ich sah mich im Bett um und fand, dass es schon zu zweit eine Herausforderung war, nebeneinander zu schlafen. Ich schaute Lina an und dann auf den Fußboden vor den Betten.

*

Sonnenlicht erhellte den Raum. Leonore und Lina hielten einander fest umschlungen und lagen schlafend in der Mitte des Raumes auf den Matratzen, die wir letzte Nacht aus unseren Betten in die Mitte des Raumes gezogen hatten. Hier war viel mehr Platz und wir alle konnten beieinander sein. Ich war gerade erwacht, als Großvater die Tür öffnete und zu uns hineinschaute. Ich schloss die Augen und tat so, als ob auch ich schliefe. Es dauerte eine ganze Weile, weil Großvater uns offenbar lange anschauen wollte. Als ich kurz blinzelte, konnte ich sehen, dass Großvater sich eine Träne aus den Augen wischte, doch ich kniff meine Augen schnell wieder zu. Erst als die Tür wieder ins Schloß fiel, öffnete ich sie wieder.

*

Lina und ich saßen am Tisch im Wohnzimmer und machten Hausaufgaben. Lina hörte dabei Musik aus ihren Kopfhörern. Großvater stand an der Küchentheke und schnitt eine Stange Lauch auf einem Brett in dünne Scheiben. Leonore hockte auf einer Bank und schaute ihm interessiert zu. Großvater merkte, dass sie etwas bewegte, hielt inne. Leonore sah seinen Blick und erschrak. Ich legte meine Hausaufgaben beiseite und blickte zu den beiden auf.

„Was?", fragte er ruhig und lächelte dabei sogar ein wenig.

„Wie alt bist du, Großvater?", wollte Leonore wissen.

„Ich bin vierundsiebzig," sagte er.

„Ist das viel?", fragte Leonore.

Auch Lina streifte sich den Kopfhörer von den Ohren und wendete sich den beiden zu.

Großvater dachte nach und zögerte für einen Moment. „An Lebensjahren schon", sagte er schließlich.

„Wirst du also bald sterben?", fragte Leonore zurück.

Großvater war überrascht, ließ das Messer sinken und hielt inne. Er dachte nach, dann sah er Leonore an.

„Ich kann sehr alt werden."

„Wie alt?"

Großvater überlegte. „Neunzig oder sogar hundert. Aber es kann auch sein, dass ich krank werde."

„So wie Mama?", unterbrach ihn Leonore.

Großvater holte tief Luft und nickte. Dann, vorsichtig schob er hinterher „Ja, so wie Mama oder einfach so wie Oma. Aber das glaube ich nicht."

„Warum nicht?"

Großvater wusste keine rechte Antwort, hielt den Kopf etwas schräg.

Er sah Leo an. „Ich glaub, ich will es nicht."

Lina und ich tauschten kurze Blicke.

„Aber wenn es geschehen sollte", sagte Großvater, „ist es auch nicht schlimm, weil dann bin ich ja bei eurer Oma und eurer Mama. Darum habe ich gar keine Angst."

„Und wo seid ihr dann?". Lina schaute ihn direkt an.

Großvater hatte keine Antwort und legte langsam das Messer aus der Hand.

Leonore begann plötzlich an, zu weinen. „Ich will meine Mama wieder."

Großvater senkte sich auf seine Knie und zog Leonore zu sich. Leonore weinte in seinen Armen. Er wiegte sie vorsichtig hin und her.

„Ich vermisse sie auch", sagte er.

„Und sie kommt wirklich niemals wieder?"

Großvater wusste keine Antwort und schloss stattdessen seine Arme fester um ihren kleinen Körper.

*

Mir war plötzlich warm, eigentlich eher heiß. Ich öffnete die Tür zur Veranda und trat in die kühle Abendluft. Ich hatte das Gefühl, Platz zu brauchen, um allem anderen ausweichen zu können. Es waren alles viel zu viele Eindrücke, die auf mich einwirkten. Wie aus einem Reflex zog ich mein Handy aus der Tasche und suchte in meinen Kontakten, ohne zu wissen, wonach. Doch als Tom in der Liste auftauchte, blieb ich darauf stehen. Ich zögerte kurz, dann schaltete ich mein Handy aus und steckte es zurück in meine Hosentasche. Ich atmete tief ein und aus. Der kühle Wind, der vom Meer zur Küste wehte, beruhigte mich ein wenig.

*

Lina und ich saßen im Wohnzimmer am Küchentisch und arbeiteten uns durch die Hausaufgaben. Lina schlug ihr Matheheft auf und schaute sich nach ihrer Federmappe um, fand sie aber im Schulranzen nicht.

„Mist", sagte sie und sah mich schuldbewusst an: „Hab' mein Schlampermäppchen in der Schule vergessen."

Sie stand auf und ging zu einer Kommode neben dem Esstisch gegenüber dem Fenster und zog verschiedene Schubladen auf. Ich sah ihr dabei zu, verstand aber ihren Eifer nicht, griff stattdessen in meine Federmappe, zog einen Bleistift heraus und hielt ihn in Richtung meiner Schwester. Aber Lina

112

schaute sich nicht um und wurde schließlich ihrerseits fündig, griff einige Buntstifte heraus, hielt aber inne und nahm auch ein Einband aus der Schublade. Ich ließ meinen Stift sinken und folgte ihr mit meinen Augen.

„Was hast du da?", wollte ich wissen.

Lina setzte sich neben mich an den Tisch und zuckte mit den Schultern. Sie blätterte durch die Seiten des Albums, die Familiensituationen zeigten: Mama als Kind oder Jugendliche, mal in fröhlicher oder auch in nachdenklicher Situation, Bilder mit Opa, als er viel jünger war und auch Bilder mit Mama und Oma. Auf der letzten Seite aber war ein Foto eingeklebt, das Mama allein zeigte, wie sie in die Kamera schaute. Ihr Blick wirkte klar. Mit Stolz sah sie uns an. Ich spürte, sie wusste, wer sie war und wer sie ansah. Linas Augen füllten sich mit Tränen. Auch ich musste kämpfen, um nicht zu weinen. Ich legte meinen Arm fest um ihre Schultern. Lina erwiderte den Griff und hielt mich fest.

ALLES GANZ ANDERS?

Ich fuhr mit Mamas Fahrrad die Straße hinunter zum Dorf. Eigentlich wollte ich nur raus und nicht mehr bei Großvater am Tisch sitzen und auf den Abend warten müssen. Ich hatte mir vorgenommen, ein paar Bleistifte einzukaufen. Aber, wenn ich ehrlich war, brauchte ich gar keine, weil meine Federmappe vor Bleistiften überquoll. Ok, eigentlich suchte ich nur einen Grund, um Ennes Laden aufzusuchen. Ich fand die Frau irgendwie cool, auch wenn sie schon sehr alt war. Ich blieb vor dem Laden stehen und brauchte einen Moment, bis ich es wagte einzutreten. Eine Glocke erklang und ich schaute mich ertappt um, aber niemand reagierte darauf. Ich mochte den Geruch, der von den vielen Dingen ausging, die hier angeboten wurden, ganz anders als bei uns, wo es in den Supermärkten eigentlich nach gar nichts roch, aber alles im hellen Licht erschien. Hier duftete es nach altem Holz und Gewürzen vielleicht, auf jeden Fall anders und nicht so steril. Aber auch das Licht war anders, nicht so hell und in einigen Regalen musste ich mich anstrengen, die ausgestellten Gegenstände genau zu erkennen. Aber es machte Lust auf die Suche zu gehen, weil es hier viel mehr Dinge zu geben schien als die, die ich in einem von unseren Supermärkten jemals finden würde.

Langsam näherte ich mich dem Tresen an dem neulich noch Enne gestanden hatte. Stattdessen entdeckte ich meine Lehrerin und neben ihr einen Mann im olivfarbenen Overall.

Sie tauschten ein „Hallo" aus, aber es wirkte irgendwie komisch. Niemand hatte mich bemerkt und ich drückte mich zwischen den Regalreihen unauffällig zurück.

„Na Bertram," sagte meine Lehrerin, und schaute zu ihm herüber, „alles gut bei dir?"

Der Mann schaute sie unsicher an.

„Ich habe dich schon draußen gesehen", sagte sie und musterte ihn.

Der Mann, den sie Bertram nannte, schwieg und nestelte unsicher an einem Träger seines Overalls.

„Bist du mir etwa gefolgt?", fragte sie und sah ihn mit einem selbstsicheren Lächeln an.

„Nein", brachte Bertram unsicher hervor und zögerte bevor er gestand: „oder doch."

Jetzt wurde auch sie unruhig. Offenbar war ihr sehr unangenehm, was sie als nächstes erwartete.

„Ich weiß nicht, vielleicht…", erwiderte er schließlich.

Er schien sehr irritiert zu sein und senkte verlegen den Blick. Doch plötzlich zog er aus seiner Jackentasche eine kleine Schatulle hervor, klappte sie auf und hielt sie Frau Dalgau entgegen. Meine Lehrerin brauchte keinen Moment des Nachdenkens und klappte die Schatulle wieder zu.

„Danke Bertram, das ist toll", sagte sie und holte tief Luft, doch ich konnte in ihrem Gesicht sehen, dass sie sich gerade sehr weit wegwünschte, genauso, wie ich mich damals gefühlt hatte, als Kurt aus meiner Klasse in meiner eigentlichen Schule plötzlich zu mir gekommen war und gefragt hatte, ob ich seine Freundin sein wollte. Er hatte mich nie vorher angesprochen und eigentlich wusste ich überhaupt nicht, wer er war, außer, dass er im Unterricht immer wieder Kommentare eingeworfen hatte, die seine besten Freunde offenbar cool gefunden und sie zum Lachen gebracht hatten. Mir waren sie unangenehm gewesen, weil es immer darum ging, jemand anderen schlecht zu machen.

Meine Lehrerin legte Bertram die Hand auf die Schulter und nickte ihm zu.

„Danke", sagt sie. „Das ist sehr lieb von dir, aber ich habe beschlossen, als alte Jungfer zu sterben."

Ich wusste nicht, was eine *alte Jungfer* war, aber ich glaubte zu verstehen, dass sie es ihm irgendwie leicht machen wollte, ihre Ablehnung zu akzeptieren.

„Behalte den Ring für eine, die noch auf dich wartet", sagte meine Lehrerin und irgendwie war ich froh darüber, dass sie nicht auf sein Angebot eingegangen war.

Sie schauten sich für einen Moment lang an. Dann gab Bertram nach und steckte die Schatulle zurück in seine Jackentasche.

Plötzlich tauchte Enne hinter dem Tresen auf.

„Was kann ich für euch tun?", fragte sie.

„Alles gut", sagte Frau Dalgau und wendete sich ab. Als sie mich zwischen den Regalreihen erkannte, lächelte sie verlegen und verließ den Laden. Ich schaute zu dem Mann und Enne auf. Bertram drehte sich langsam zum Ausgang um. Wir kreuzten nur kurze Blicke. Dann war auch er fort. Ich sah ihm kurz nach, dann wendete ich mich zurück zu Enne. Sie hob die Schultern, als wüsste sie auch nicht, was jetzt passieren sollte.

„Das Inselleben ist manchmal schwierig", sagte sie mit einem Seufzer. „Schon deine Mutter ist an der Männerauswahl hier gescheitert. Ich fürchte, Malou fragt sich sicher auch schon, wie lange sie noch hierbleiben kann. Es sei denn, ein

Prinz vom Festland kommt angeritten und erobert ihr Herz. So einer wie dein Vater".

Ich war überrascht, dass sie meinen Vater erwähnte, weil ich immer wieder an ihn denken musste und als Frau Dalgau erzählte, dass Mama die Insel verließ, nachdem sie Papa kennengelernt hatte und ihm auf das Festland gefolgt war, hatte ich mich schon gefragt, wer Frau Dalgau hier abholen könnte. Er musste ja nicht auf einem weißen Pferd angeritten kommen. Das wäre auch mir zu kitschig gewesen. Jemand wie Papa wäre sicher toll für sie. Ich meine, *jemand wie*. Das heißt, es musste nicht unbedingt mein Papa sein, denn er hatte ja meine Mama gehabt. Aber ich war mir sicher, dass sie zumindest befreundet sein sollten. Ich jedenfalls mochte sie. Und Papa sollte sie auch mögen!

Enne schaute mich mit einem sanften Lächeln an. Ich lächelte vorsichtig zurück.

Dann wurde ihr Tonfall plötzlich sachlicher. „Und du? Wie geht es dir?", fragte Enne und beugte sich mit ihren Ellenbogen auf dem Tresen zu mir herüber.

Es schien mir, als wenn wir einander schon sehr lange kannten und sehr vertraut miteinander waren. Trotzdem blieb ich unsicher.

„Gut," sagte ich aus Höflichkeit, ohne zu wissen, wie es mir momentan wirklich ging. Erwachsene stellten dauernd diese Frage, aber sie wollten doch nicht wirklich wissen, wie es einem erging. Und selbst, wenn ich mir die Frage für mich stellen würde, hätte ich auch nicht gewusst, wie ich sie hätte beantworten können. In meinem Kopf war viel zu viel Chaos.

„Und er", fragte sie und schwenkte den Kopf, als wäre noch jemand im Raum. „Ist er gut zu euch?"

Ich ahnte, wen sie meinte. „Großvater?", fragte ich und überlegte.

„Ich denke schon, aber er wirkt sehr…" Ich wusste nicht, wie ich mich erklären sollte und suchte nach Worten. Enne schien Zeit zu haben. Sie sah mich an und wartete.

„Er ist manchmal so wütend", sagte ich. „Aber, ich glaube, dass er es gar nicht so meint."

Sie nickte mir zu und schien genau zu verstehen, was ich sagen wollte.

„Woher kennen Sie…" Ich war unsicher, wie ich sie ansprechen sollte und blickte auf.

„Enne," sagte Enne und lächelte mir wohlwollend zu.

Ich wagte es: „Woher kennst du meinen Großvater?"

Enne lachte. „Jeder kennt deinen Großvater. Aber jeder hier kennt auch alle anderen. Das ist eine Insel."

Ich verstand und nickte.

„Nein", sagte Enne und wurde wieder ernst. „Tatsächlich kenne ich deinen Großvater seit jeher. Wir sind sogar zusammen zur Schule gegangen – deiner Schule." Sie lächelte und ergänzte. „Vor sehr langer Zeit. Wir hatten sogar für eine Zeit Gefallen aneinander gefunden."

Sie blickte auf, als suche sie in ihren Erinnerungen nach etwas. Dann schaute sie zurück zu mir. „Aber dann hat deine Großmutter das Rennen gemacht. Sie war meine beste Freundin – und blieb es, bis zu ihrem Tod."

Sie senkte den Blick. Für einen Moment schwiegen wir. Dann fiel mir etwas ein.

„Aber war mein Großvater immer so?" fragte ich aufgeregt und Enne schien genau zu verstehen, was ich meinte.

Sie griff mit ihrer Hand nach meiner Schulter und versuchte mich zu beruhigen.

„Nein, nein", sagte sie und nahm die Hand wieder zurück.

Dann beugte sie sich bestimmt vor. „Ich glaube, was du eigentlich wissen willst", sagte sie, „ist, warum deine Mutter von hier weggegangen ist."

Ich nickte unsicher, weil ich darüber überrascht war, dass sie verstand, was ich bisher nur geahnt hatte. Sie schien viel mehr zu verstehen, welche Fragen überhaupt durch meinen Kopf liefen.

„Vielleicht hatte sie irgendwann begriffen, dass sie hier nicht ihr Glück finden konnte. Alle ihre Möglichkeiten waren begrenzt. Und jemanden zu finden, mit dem sie glücklich werden könnte, war ohne Aussicht. Logisch, dass sie einfach nur wegwollte."

„Und Großvater?"

„Er war enttäuscht", sagte sie, dachte kurz nach und schob entschieden hinterher: „Nein, ich glaube, er war wütend, weil, er nicht verstand, dass deine Mama andere Träume hatte als er.

„Welche?", fragte ich.

„Sie hatte eigene Ideen über ihr Leben und wollte der Welt mehr von ihrer Sicht erzählen."

Sie dachte nach. „Von hier auf der Insel hätte sie das nicht gekonnt. Hier sind wir einfach zu weit weg von der Welt."

Wir schauten uns an.

„Und dann?", fragte ich.

„Deine Mama ging weg und Gustav, dein Großvater hat nie wieder den Kontakt zu ihr gesucht bis zu dem Tod deiner Großmutter.

„Ich erinnere mich an ihre Beerdigung", sagte ich. „Ich wusste gar nicht, wo wir hier sind und wer sie war."

Enne sah mich an. „Ein trauriger Tag…".

Einen Moment lang schwiegen wir, doch plötzlich wurde mir einiges klar.

„Liebst du ihn auch heute noch?" fragte ich.

Langsam verzog sie ihren Mund zu einem nachdenklichen Lächeln und für einen Moment versank sie in ihre Gedanken. Dann aber kniff sie die Augen leicht zusammen und fixierte mich mit ihrem Blick.

„Zeit zu gehen, kleine Frau", sagte sie und stütze sich vom Tresen hoch. Mir wurde schlagartig klar, dass ich etwas Falsches gesagt haben musste, aber ich verstand nicht, was genau es gewesen war. Enne hatte sich bereits abgewandt und begann die runden Gläser mit den Süßigkeiten im Regal neu zu sortieren. Schließlich wendete ich mich unsicher vom Tresen ab und ging auf den Ausgang zu. Aber auf halbem Weg zur Tür blieb ich stehen und drehte mich noch einmal um. Enne bemerkte es und sah mich über die Schulter hinweg an.

„Warum hat er sie nicht besucht, als meine Mama so krank wurde?" fragte ich. „Ich meine, sie war doch dem Tod schon so nah?"

Enne starrte mich für einen Moment an. Dann wendete sie den Blick zurück und schaute wieder auf das Regal hinter sich, so als wollte sie Ihre Arbeit fortsetzen. Aber sie blieb einfach nur stehen und schaute auf die Süßigkeiten.

„Komm her," rief sie mir zu und winkte mich zurück an ihren Tresen.

„Soweit ich weiß," sagte sie und beugte sich dicht zu mir herüber, als wolle sie mir ein Geheimnis anvertrauen, „brauchten deine Mutter und dein Vater damals Geld, um sich eine gemeinsame Existenz aufzubauen und baten deine Großeltern um finanzielle Unterstützung. Aber dein Großvater war der Meinung, dass sie das auch hier auf der Insel tun könnten.

Und das wiederum wollte deine Mutter nicht. Dein Großvater war darüber so gekränkt, dass er es ablehnte, ihr Geld zu schicken. Und er blieb dabei, auch als deine Großmutter ihm widersprach. Danach fiel der Kontakt beinahe ganz ab und ihr habt euren Großvater und eure Großmutter nicht kennenlernen können. Ich weiß nur, dass deine Großmutter den Kontakt gehalten und immer wieder mit ihr telefoniert hatte. Auch überwies sie deinen Eltern immer wieder kleinere Beträge von ihrem eigenen Konto.

„Bis zu Omas Tod?" fragte ich.

„Bis zu ihrem Tod, genau," erwiderte Enne und schaute mich ganz ruhig an.

„Weißt du," setzte sie von neuem an und der Klang ihrer Stimme hatte etwas sehr Weiches, irgendwie Beruhigendes, „Erwachsene versuchen die ganze Zeit ihre Kinder darin zu erziehen, richtig zu handeln und gut miteinander auszukommen…"

Dann sah sie mir fest in die Augen. „Und dann machen sie selbst alles falsch."

Ich blickte sie erstaunt an.

„Deine Mama konnte genauso stur sein wie dein Großvater."

Enne machte eine Pause.

Ich spürte, wie mir langsam die Tränen in die Augen stiegen, doch ich blieb stehen und wartete.

„Finja, deine Mama wollte es so. Selbst als ihre Krankheit schlimmer wurde, hat sie noch deinem Vater untersagt, deinen Großvater darüber aufzuklären, wie krank sie tatsächlich bereits war. Erst kurz vor ihrem Tod hat dein Vater sein Versprechen gebrochen und deinen Großvater angerufen. Aber da war es beinahe schon zu spät."

„Er ist also noch gekommen?" fragte ich und konnte meine Tränen kaum noch bei mir halten.

„Ja sicher. Welcher Vater würde sich nicht von seiner Tochter verabschieden wollen, wären sie auch noch so sehr im Streit." Enne strich mir mit ihrer weichen Hand über die Wange.

Ich schaute sie an und war verwirrt. Ich hatte das Gefühl, das alles nicht zu verstehen. In meinem Kopf drehte sich ein Karussell aus Eindrücken und Gedanken.

„Er kam und sie sahen sich ein letztes Mal. Da war sie schon sehr schwach und ich glaube, sie haben sich auf eine Art versöhnt."

Ich schaute Enne an und fragte mich, woher sie das alles wusste. Und Enne schien meine Frage aus meinem Gesicht zu lesen und antwortete bevor ich fragen konnte.

„Dein Großvater redet nicht viel. Aber in sehr seltenen Momenten tut er es doch."

Ganz langsam begann ich zu verstehen: Großvater hatte nach langem Streit mit meiner Mutter die Verbindung zu ihr gesucht. Am Schluss hatten sie vielleicht doch zueinander gefunden.

Einen Moment lang blieben wir voreinander einfach nur stehen und schwiegen. Dann nahm ich meine Hände von Ennes Tresen.

„Danke", sagte ich und wendete mich ab.

„Alles gut, kleine Frau?" rief mir Enne besorgt hinterher.

„Ja", sagte ich, ohne zurückzublicken.

Ich lief den Gang entlang zum Ausgang hin und spürte, wie mir die Beine taub wurden, und hinter der Ladentür brach ich zusammen und kniete nieder. Konnte meine Mama meinem Großvater so böse gewesen sein, als sie bereits wusste, dass sie an dem Tumor in ihrem Kopf sterben könnte, dass sie sich nicht mit ihrem Vater versöhnen wollte? Hatte sie gar kein Verlangen danach, sich im gegenseitigen Verständnis voneinander zu verabschieden? Ich verstand das alles nicht.

Oder hatten sie es? Ich wünschte es mir so sehr.

PAPA

Leonore, Lina und ich saßen am Tisch im Wohnzimmer. Leonore starrte auf ein Blatt Papier in ihrer Hand, während sie barfuß mit einem Fuß den Stuhl, auf dem sie saß, vom Tisch hin und her schaukelte. Dann ließ sie sich zurück an den Tisch fallen, legte das Papier ab, kramte aus ihrem Schlampermäppchen einen blauen Stift und schaute auf das Blatt. Ich sah von der *Wunder-App* auf meinem Tablet auf. Leonore malte viele Kreise mit ihrem Buntstift auf das Papier und schrieb dahinter *Mama*. Das Telefon klingelte. Auch Lina blickte jetzt von ihrem Buch auf und zog ihren Kopfhörer von den Ohren. Leonore malte sechs weitere Kreise auf das Blatt. Daneben schrieb sie *ich*. Der Anrufbeantworter sprang an.

„Hallo, Herr Seiber", sagte eine ältere männliche Stimme. „Karl Weitling hier. Wie sie wissen, bin ich der Leiter der hiesigen Sparkasse. Ich hatte Ihnen bereits geschrieben. Aber vielleicht sind meine Nachrichten an Sie untergegangen. Ich hätte dennoch eine Angelegenheit, die ich mit Ihnen besprechen wollte. Bitte setzen Sie sich mit mir in Verbindung." Eine Pause entstand, dann räusperte sich der Anrufer. „Ich, es tut mir leid um Ihren persönlichen Verlust - den ihrer Frau – und wie ich hörte, auch den ihrer Tochter."

Lina und ich schauten auf.

Dann wurde das Gespräch beendet.

Wir tauschten kurze fragende Blicke, erkannten aber darin, dass wir alle drei nicht verstanden hatten, welches Problem hier besprochen worden war. Wir wussten, dass es

Erwachsenenprobleme gab, die sogar Großeltern betreffen konnten und Kinder sich unbedingt dabei heraushalten sollten, weil Erwachsene viel mehr Probleme kannten als wir und immer unglaublich viel darüber reden mussten. Oder sie redeten gar nicht und warfen sich nur komische Blicke zu. Es machte nicht wirklich Lust darauf, erwachsen zu werden.

Wir waren uns, glaube ich, in diesem Moment einig, dass wir lieber nicht von dem Problem betroffen sein wollten und wendeten uns unseren Interessen zu. Lina setzte sich wieder ihre Kopfhörer auf und konzentrierte sich auf ihr Smartphone. Doch ich schaute noch einmal auf und sah zu Leonore herüber.

„Was machst du da?", fragte ich.

„Ich zähle", sagte Leonore.

„Was?", frage ich.

„Nix."

„Wie nix?"

Leonore verdrehte genervt die Augen. „Ich rechne aus, wann ich sterben werde.

„Woher willst du das wissen?", fragte ich verblüfft.

„Opa hat das gesagt."

„Wie?" Ich starrte meine kleine Schwester an. „Und woher weiß Opa das?"

Leonore schaute hoch. Sie wirkte jetzt überfordert. „Weiß nicht", sagte sie.

„Wir sterben erst, wenn wir alt sind", erwiderte ich fest.

Leonore wurde wütend und widersprach, "Aber Mama ist doch viel jünger gewesen."

„Ja, aber sie war krank," sagte ich. „Wir können doch viel länger leben".

Leonore fing plötzlich an zu weinen. „Ja, aber wollen wir das auch?"

Lina sah auf und zog sich erneut die Kopfhörer von den Ohren auf den Hals. Wir sahen uns an, hatten aber beide keine Antwort.

Leonore hielt Großvaters Telefon an ihr Ohr und lief vor dem großen Fenster im Wohnzimmer hin und her.

„Doch, Papa, so wars und die Robben sind sogar um das Boot geschwommen – wahnsinnig schnell", rief sie aufgeregt ins Telefon.

Dann hörte sie einen Moment angestrengt zu, doch winkte gleich wieder ab und beschwichtigte Papa: „Alles OK. Opa hat neulich Fisch gebraten und ich hab ihn tatsächlich gegessen."

Leonore lauschte und meinte dann, „Ja, echten! Es gab Scholle. Wirklich lecker. Von Opa gefangen."

Leonore horchte erneut. Dann gab sie sich selbstlos und schielte zu mir herüber, als ob mir nicht auffiel, dass sie über mich sprach.

„Ich glaube, Stine hat einen Freund, aber ich weiß nicht, ob es schon ernst ist. Du musst dir aber keine Sorgen machen, noch knutschen sie nicht."

Lina und ich trugen Teller und Besteck aus der Küche und verteilten es auf dem Tisch.

Ich fixierte meine Schwester mit dem tödlichsten aller Blicke, doch Leonore wendete sich einfach weg, schaute aus dem Fenster auf das Meer und hörte Papa zu. Dann hob sie den Blick und sah an uns vorbei auf Großvater, der in der Küche das Essen vorbereitete.

„Opa ist gerade beschäftigt. Aber ich sag ihm Bescheid, dass du angerufen hast."

Ohne ein Wort des Abschieds legte sie auf.

*

Großvater deckte den Abendbrottisch ab. Lina und Leonore waren schon nach oben gegangen. Ich schaute Großvater zu, wie er das Geschirr in das Spülbecken tauchte. Dann blickte ich auf mein Tablet und schaltete es in den Ruhemodus. Großvater kam zurück zum Tisch, um auch die Untersetzer vom Tisch zu räumen, sah das Fotoalbum, dass wir aus der Schublade genommen hatten und das immer noch am Ende des Tisches lag. Er nahm es hoch und betrachtete es. Einen Moment lang blätterte er durch die Seiten. Dann schlug er es zu und wollte es zurück in die offengebliebene Schublade legen, als eine kleine weiße Karte herausfiel und er sie vom Boden aufnahm. Großvater studierte sie und schien überrascht. Dann hielt er mir die Karte entgegen. Sie zeigte das Logo einer Sparkasse, wie die, die ich im Ort neben Ennes Laden gesehen hatte. Darunter stand der Name des Filialleiters und die Adresse. Großvater schaute mich irritiert an. Der Vorname des Filialleiters war mit einem neonrosafarbenen Herz ummalt.

„Wart ihr das?", fragte er und sah mich unsicher an.

Ich schüttelte den Kopf. Warum sollten wir Großvaters Sachen bemalen?

Großvater warf mir einen langen Blick zu, so als müsste er darüber nachdenken, ob er mir glauben konnte. Dann legte er die Karte nachdenklich zurück auf den Tisch.

*

Ich lag im Bett und durchsuchte mein Tablet nach Videos. Bei einem blieb ich stehen und klickte darauf: Mama lag im

127

Krankenhausbett mit geschlossenen Augen und atmete kaum sichtbar. Papa hob kraftlos den Kopf und küsste Mama zart auf die Stirn. Dann schaute er in meine Smartphone-Kamera, bevor er sein Gesicht in den Händen vergrub. Das Bild wackelte und das Video endete.

Festumschlossen legte ich das Tablet auf meine Brust und starrte an die Decke. Ich wusste, dass ich nicht einschlafen können würde, weil die Erinnerung so weh tat. Nach einer Weile stand ich auf. Leonore und Lina lagen fest eingeschlafen auf ihrem Bettenlager. Ich stieg die Treppe zum Wohnzimmer hinab und schaute aus dem großen Fenster auf das Meer. Der Leuchtturm stand dunkel in der Nacht. Der Wind wehte in leichten Böen und wog das Dünengras hin und her. Die aufrollenden Wellen zeigten weiße Kämme vor dem Strand.

*

Und dann kam der Tag des wirklichen Wunders.

FUNKSIGNALE AUS EINER ANDEREN WELT

Die Abendsonne senkte sich vor dem Wohnzimmerfenster zum Horizont. Großvater machte sich plötzlich hektisch bereit, das Haus zu verlassen. Ich schaute von meinem Tablet am Wohnzimmertisch auf.

„Wohin gehst du?", fragte ich.

„Milch", sagte Großvater. „ich glaube, es fehlt Milch."

„Nee", erwiderte ich, weil ich gerade noch in den Kühlschrank geschaut hatte, „es sind doch noch zwei Liter da."

Großvater sah an mir vorbei und meinte, er wollte sicher gehen. Dann griff er nach der Visitenkarte, die immer noch auf dem Tisch lag.

„Besser, wir haben mehr, als dass uns später etwas fehlt."

Ich fühlte mich überrumpelt.

Großvater lief durch den Flur zur Haustür und nahm seine Jacke von der Garderobe. Irgendwie fand ich sein Verhalten seltsam und ich fragte mich, ob es etwas mit dem Herzen auf der Karte zu tun haben könnte. Er schien überrascht gewesen zu sein, fast ein wenig verärgert, als er sie fand. Durch das Fenster im Flur folgte ich ihm mit meinem Blick, wie er die Autoschlüssel aus der Jacke zog, in seinen Land Rover stieg und über den Kiesweg davonfuhr.

*

Lina und Leonore kamen die Wendeltreppe herunter. Ich legte mein Tablet beiseite.

„Habt ihr Hunger?", fragte ich.

Meine Schwestern nickten mir zu.

„Ich auch," sagte ich. „Lass uns nachschauen, was da ist."

Gemeinsam durchquerten wir die Wohnstube und nahmen die Küche in Angriff. Mit vollen Händen trugen wir alles zum Wohnzimmertisch, was der Kühlschrank hergab.

Lina nahm frisches Brot aus dem Brotkasten und begann, es in Scheiben zu schneiden. Aber ich sah, dass sie vor der langen Schneide des Brotmessers Angst bekam. Brotschneiden konnte ich mittlerweile ziemlich gut, aber ich wollte Lina nicht verunsichern. Daher versuchte ich mich, wie beiläufig neben sie zu stellen und fragte, ob sie nicht lieber Gläser und Wasser zum Trinken holen könnte, und bot stattdessen an, das Brot zu schneiden. Lina schaute mich dankbar an.

Wir saßen am Wohnzimmertisch und bissen in unsere selbstgemachten Sandwiches, schauten uns dabei an, kauten gierig und lächelten.

„Das musst du auch unbedingt mal probieren," sagte Leonore und hob mir ihre Klappstulle entgegen. „Das ist so ein Käse-und-Tomaten-Mix mit komischen Kräutern aber total lecker".

Ich beugte mich zu ihr, biss in ihr Sandwich, kaute und nickte ihr zu.

Lina lachte uns an und prustete. „Ich hab, das schmeckt wie Salami mit Salat und irgendwas ganz komisches."

Plötzlich knackte es im Hintergrund und das Funkgerät sprang an.

„Hier ist die Seeobserver", tönte eine weibliche Stimme aus dem Lautsprecher. „Wir haben einen Notmeldung über einen freien Funkanbieter erhalten. Ein Boot mit wahrscheinlich Geflüchteten an Bord ist vor der Küste Norgeys möglicherweise auf Sand gelaufen und droht zu kentern."

Wir ließen unsere Brote sinken und schauten uns an.

„Die genaue Standortbestimmung war nicht möglich. Wir rufen alle in der Nähe befindlichen Schiffe und Rettungskräfte auf, sich an der Rettung zu beteiligen. Wir selbst sind zu weit weg und können keine Hilfe leisten. Wir bitten um Bestätigung."

Wir drei schraken hoch und starrten auf das Funkgerät.

„Ich glaub', das ist bei uns?", fragte ich und sah meine Schwestern an. „Hat sie nicht Norgey gesagt?"

Lina und Leonore nickten mir zu.

Langsam erhob ich mich und rückte meinen Stuhl zurück. Und während ich mich auf den Funkplatz neben dem großen Fenster zubewegte, versuchte ich, einen Gedanken zu fassen und überlegte, was jetzt zu tun sei.

„Ich glaube, wir müssen antworten. Sie brauchen eine Antwort, oder?", fragte ich.

Lina und Leonore antworteten nicht, aber folgten mir. Ich sah auf das Empfangsgerät und das danebenstehende Mikrofon und zögerte einen Moment, weil ich nicht wusste, welche Folgen alles, was jetzt danach geschehen konnte, haben würde. Dann drückte ich auf die Taste unterhalb des Mikrofons.

„Äh, wir sind ganz in der Nähe und können helfen.", sagte ich.

Es rauschte im Lautsprecher und es entstand eine Pause. Niemand antwortete.

„OK. Rettungsabsicht bestätigt, aber können Sie sich identifizieren?", fragte die Stimme am Funk.

Ich drückte erneut auf den Knopf: „Hier ist Stine", sagte ich.

Ein weiteres Rauschen folgte, das etliche Sekunden anhielt. Mir wurde klar, dass ich einen Fehler begangen hatte. Im Funkverkehr spielten einzelne Personen offenbar keine Rolle.

Ich dachte kurz nach und drückte erneut auf den Knopf.

„Hier ist der Leuchtturm Igaar Vent und wir beginnen sofort mit der Rettung".

Ich ließ den Knopf los und schaute stolz meine Schwestern an. Lina und Leonore nahmen sich vorsichtig in den Arm.

„Danke, Leuchtturm Igaar Vent", sagte die Stimme am Funk, doch es klang eher wie eine Frage. „Sind Sie sicher, dass Sie die Rettungsmaßnahmen ausführen können?"

Ich drückte auf den Schalter. „Ja", sagte ich fest entschlossen.

„OK, Leuchtturm Igaar Vent." Die Stimme am anderen Ende wirkte immer noch irritiert.

„Wer immer sonst noch Hilfe leisten kann, ist aufgefordert, den in Seenot geratenen Menschen zu helfen."

Aber außer uns antwortete niemand.

Ich schaute meine Schwestern an. Sie sahen fragend zurück. Es ist so schwer, große Schwester zu sein, wenn es um echte Probleme geht, weil niemand dir hilft und alle Antworten erwarten. In diesem Moment sehnte ich mich nach Mama, die mir nicht mehr helfen konnte, oder Papa, der aber auch viel zu weit weg von uns war.

Ich ging zurück zum Tisch, griff nach meinem Handy und wählte die Nummer von Opas Mobiltelefon. Dann lauschte ich dem Verbindungsaufbau. Als es tutete, sah ich das vibrierende Handy auf dem Wohnzimmertisch blinken. Großvater hatte sein Handy hiergelassen. Ich legte auf und dachte nach. Dann war ich mir sicher: wir mussten unsere eigene

Entscheidung treffen, hob den Blick und schaute meine Schwestern fest entschlossen an.

Sie schauten ängstlich auf mich zurück, so als würden sie meinen Entscheidungen nur sehr wenig vertrauen. Und auch ich war mir meinen Überlegungen nicht wirklich sicher. Aber welche Wahl hätten wir gehabt?

LICHT

Ich nahm im Hausflur den Leuchtturmschlüssel vom Schlüsselbrett und öffnete die Haustür. Lina und Leonore folgten mir. Im Gänsemarsch liefen wir den mit Dünensand verwehten Holzsteg entlang zum Leuchtturm. Wir waren alle ein wenig aufgeregt, weil wir etwas taten, was uns eigentlich nicht erlaubt war und wir nicht wirklich wussten, ob wir es überhaupt richtig machen könnten. Als wir vor der metallenen Eingangstür standen, fühlte ich mein Herz, wie es in meiner Brust pochte. Aber hatten wir eine echte Wahl? Großvater war nicht da und auch nicht erreichbar. Bis zu Ennes Laden brauchte es selbst mit dem Fahrrad mehr als eine halbe Stunde. Zeit, die wir nicht hatten. Denn irgendwo da draußen waren Menschen, die unsere Hilfe jetzt brauchten. Vielleicht auch Mama. Das heißt, nur vielleicht. Ich wusste es ja nicht. Aber ganz gleich, was am Ende wahr sein würde, war ich mir doch darin sicher, dass wir nicht untätig sein durften. Außer uns hatte niemand auf den Hilferuf der Seeobserver geantwortet. Und schließlich: Großvaters Abgang war so merkwürdig gewesen. Ich war mir nicht mal sicher, ob er wirklich zu Ennes Laden wollte, um noch mehr Milch einzukaufen.

Ich schaute mich zu meinen Schwestern um und konnte in ihren Gesichtern ihre Unsicherheit sehen, doch sie nickten mir zu. Auch sie schienen keine bessere Antwort zu haben. Ich steckte den Schlüssel ins Schloss und schlug die Eingangstür zum Leuchtturm auf. Vor uns tat sich ein schwarzes Loch auf.

Dann tastete ich nach dem Lichtschalter in der Dunkelheit. Das Licht erhellte den unteren Raum. Der gleiche muffige Geruch vom letzten Mal wehte uns entgegen. Lina und Leonore folgten mir in den Eingangsbereich. Leonore zog die eiserne Tür hinter sich zu. Gemeinsam lauschten wir den Klängen des Windes, der um die Außenhaut des Leuchtturms wehte und dumpfe, fast klopfende Geräusche auslösten, die zu uns von der Spitze des Turms drangen. An Großvaters Seite war mir gar nicht aufgefallen, dass der Leuchtturm selbst Laute von sich gab. Jetzt hörte es sich an, wie ein Murmeln oder ein Raunen. Irgendwie unheimlich. Wir sahen uns schweigend an, dann liefen wir die Treppen hinauf und blieben auf der ersten Ebene vor dem Schrank mit der Schalteinrichtung stehen.

Ich öffnete die Türen. Alle Lichter der Anlage waren dunkel. Ich sah auf das Armaturenbrett, las die Marken an den Schaltern. Ohne nachzudenken, entschied ich mich nach meinem Gefühl und griff einen der Hebel aber ohne ihn zu bewegen. Ich hielt inne. Dann wurde mir klar, wie es laufen musste.

„Du bleibst hier und wartest", sagte ich bestimmend zu Leonore.

„Hier unten, allein?", fragte Leonore und schaute mich erschrocken an.

„Leonore, bitte," sagte ich drängend, weil ich fand, dass wir jetzt keine Zeit verlieren durften. „Das Licht bleibt an und wir sind nicht weit weg, aber wir brauchen dich hier unten. Denn sonst wird es nicht gehen."

Ich sah meine kleine Schwester an und versuchte möglichst viel Bedeutung in meinen Blick zu legen. Und es schien zu funktionieren.

„Na gut", sagte Leonore.

„Lina und ich gehen nach oben. Warte auf mein Zeichen, hörst du?"

Leonore nickte unsicher.

Lina und ich stiegen die Wendeltreppe nach oben.

„Was hast du vor?", wollte Lina wissen und schaute mir ungeduldig hinterher.

Ich sah von der Wendeltreppe zurück.

„Wir setzen den Leuchtturm wieder in Betrieb."

Lina erstarrte. „Echt jetzt? Aber er ist doch schon seit Jahren aus."

„Ja, aber wir wissen, wie er wieder eingeschaltet werden kann. Großvater hat es uns gezeigt."

Lina fixierte mich. „Dürfen wir das auch?"

Ich kletterte durch die Luke zur Aussichtsplattform. Lina folgte mir. Vor uns schlug das Meer in rauen Wellen auf die Küste. Ich überlegte nur kurz.

„Keine Ahnung", sagte ich und schaute, statt zu Lina nach oben zum Lichthaus.

„Komm", sagte ich und stieg die kurze Treppe hinauf. Lina folgte mir zögerlich.

Oben angekommen wendete ich mich zu dem winzigen Tisch, auf dem die Brenner lagen. Ich musste kurz überlegen, wie Großvater es uns erklärt hatte. Doch als ich die Sicherungskappe auf dem Tisch entdeckte, fiel mir alles wieder ein. Ich nahm die Halogenleuchte und wies Lina an, die Kappe mitzunehmen. Lina griff danach und folgte mir. Ich war überrascht davon, dass sie wirklich tat, was ich ihr sagte, ohne zu widersprechen. Aus meinem Augenwinkel heraus folgte ich ihr. Lina tat, als sähe sie mich nicht und hielt die Kappe fest in ihren Händen.

Vor der Lichtkuppel mit ihrer Linse mit dem komischen Namen blieben wir ehrfürchtig stehen. Hier oben war es wirklich sehr eng.

„OK", sagte ich und nickte Lina zu.

Lina schob sich an mir vorbei und legte behutsam die Sicherungskappe um die zweite Leuchte. Dann wich sie zurück. Ich folgte ihr und setzte den Glaskörper in die freie Fassung, drehte ihn behutsam, doch er federte zurück und ich konnte ihn gerade noch halten, bevor er irgendwo aufschlug und zerplatzte. Ich verstand nicht, was ich falsch gemacht hatte und auch nicht, warum es gerade jetzt kompliziert werden musste. Dann versuchte ich es erneut, jetzt noch vorsichtiger. Lina sah mir besorgt zu. Aber es gelang mir eins um das andere Mal nicht, den Brenner in der Aufnahme zu befestigen. Lina wusste auch nicht, was falsch lief.

„Vielleicht ist es so ein du-musst-erst-vorsichtig-drücken-und-dann-drehen?", sagte sie fast flüsternd, obwohl uns hier oben sowieso niemand hätte hören können.

Mir war nicht klar, ob ich verstanden hatte, was sie meinte, aber ich hatte so ein Gefühl, dass sie vielleicht eine bessere Idee hatte.

„Mach du," sagte ich schließlich und nickte mit dem Kopf, dass sie an meine Stelle treten sollte.

Lina nahm mir vorsichtig den Brenner aus den Händen und führte ihn über die Fassung. Langsam drückte sie ihn nach unten und drehte ihn vorsichtig nach rechts, bis er schließlich tatsächlich einrastete. Freudig sah ich Lina an. Ich war erleichtert. Endlich hatten wir zusammen einen Moment, in dem wir uns einig waren. Auch Lina schien überrascht und lächelte mich unsicher an.

Dann ging ich vor bis zur Eintrittsluke und rief hinunter.

„Leo, du kannst jetzt einschalten."

„OK", schallte es von unten herauf.

Lina und ich starrten auf die Lampe. Aber es tat sich nichts. Ich überlegte, nach unten zu steigen, aber dann stellte ich mir vor, was ich machen würde, und beugte mich über die Luke.

„Zieh den Regler zurück und schalte alle Knöpfe ein, bevor du den Regler wieder nach oben schiebst.

„OK", rief Leonore zurück. Ich fand, ihre Stimme klang jetzt ängstlich. Dann entstand eine Pause. Lina und ich tauschten einen kurzen Blickkontakt.

„Hier, jetzt…, es leuchten ganz viele Lampen", rief Leonore nach oben. „wartet…"

Wieder passierte gar nichts. Ich versuchte mir vorzustellen, was da unten geschah. Lina kniete sich neben mich und schaute durch die Luke nach unten.

„Achtung, jetzt!", rief Leonore von unten.

Das Licht im Lichthaus flammte hell auf und begann sich im gleichen Moment zu drehen. Lina und ich hoben spontan die Arme zum Schutz vor die Augen aber auch vor Begeisterung. Wir umarmten einander und schrien vor Aufregung. Lina löste sich und beugte sich zur Luke.

„Leo, es funktioniert. Der Leuchtturm brennt."

Wir kletterten schnell über die Leiter hinunter. Im Umgang blieben Lina und ich stehen, schauten hinaus auf das Meer und folgten mit unseren Blicken dem Lichtstrahl, der über das Meer kreiste. Die Sonne war nun vollständig im Meer versunken. Nur noch wenig blaugraues Licht am Horizont erhellte die Wellen vor uns. Irgendwo da draußen suchten jetzt in diesem Moment Menschen Hilfe. Lina und ich sahen uns an. Dann kletterte auch Leonore zu uns die Treppe hinauf. Gemeinsam schauten wir hinaus auf das Meer.

*

Wir liefen den Steg entlang zu den Booten im Fischereihafen. Der Mond stand voll am Himmel und leuchtete über dem Meer. Lina lief mir gestikulierend hinterher. Leonore folgte uns beiden mit Abstand.

„Das hast du nicht wirklich vor, oder?", rief mir Lina hinterher.

Ich blieb stehen und schaute trotzig zurück.

„Was sollen wir sonst tun?", fragte ich. „Ohne ein Wagnis wird es nicht gehen."

Lina blieb stehen. Auch Leonore hielt an.

Ohne die beiden anzuschauen, blickte ich auf das in Dunkelheit versinkende Meer. „Da draußen sind Menschen, die ohne unsere Hilfe vielleicht sterben werden."

„Aber können wir nicht auf Großvater warten?", sagte Lina und ihre Stimme klang fast flehend. „Ich meine, wir haben versprochen, dass wir die Boote nicht ohne ihn benutzen."

Ich drehte mich langsam um und sah meine Schwestern direkt an.

„Großvater ist nicht da," sagte ich fest. „Wir können ihn nicht erreichen. Aber da draußen sind Menschen, die unsere Hilfe brauchen und vielleicht…" Plötzlich kratzte es in meinem Hals und ich konnte kaum sprechen und wendete mich kurz weg, um möglichst ungesehen eine Träne aus meinen Augen zu wischen. „vielleicht ist ja auch Mama da draußen", sagte ich.

Zaghaft wendete ich mich zurück und sah, wie Lina ihren Blick von mir weg auf das Meer richtete. Auch Leonore folgte ihr.

*

Lina und Leonore kletterten die Leiter zu Großvaters Motorboot hinunter. Ich löste die Vertäuung und half meinen Schwestern beim Einsteigen.

„Ist das nicht viel zu klein?", fragte Lina. „Wie sollen wir darin viele Menschen aufnehmen?"

„Den Kutter können wir nicht nehmen", erwiderte ich, „weil wir ihn nicht fahren können."

Ich zerrte am Außenborder. Beim dritten Versuch sprang der Motor an. Dann schwenkte ich den Steuerhebel und dirigierte das Boot an den großen Booten vorbei auf die Hafenausfahrt zu und schließlich aus dem Hafen auf die offene See hinaus. Meine Schwestern schauten mich gebannt an und ich versuchte mir nicht anmerken zu lassen, dass ich selbst sehr beeindruckt war, dass es wirklich funktionierte. Aber auch ich hatte Angst.

Die Wellen wurden außerhalb des Hafens höher und wogten das Boot immer weiter auf.

„Ist das nicht viel zu gefährlich?", rief Leonore uns gegen den Wind zu.

Ich rief, ohne zu überlegen. „Für die Menschen da draußen ist es lebensgefährlich."

Leonore senkte den Blick und schaute über Bug unsicher auf das Wasser.

„Wohin fahren wir überhaupt?", wollte Lina trotzig wissen.

„Wir müssen den Leuchtturm im Blick behalten und versuchen in den grünen Bereich des Lichtstrahls zu geraten. Dann kommen wir automatisch zu den Sandbänken. So hat es Großvater erklärt."

Leonore sah mich streng an. „Aber das ist auch gefährlich. Wir können doch selbst an der Sandbank kentern."

„Unser Boot ist viel zu klein, um auf einer Sandbank kentern zu können", erwiderte ich.

Lina und Leonore sahen mich an. Meinem Gesicht war wahrscheinlich abzulesen, dass ich mir meiner Aussage nicht wirklich sicher war. Doch ich hielt mich aufrecht und schaute an meinen Schwestern vorbei, hob den Blick und lenkte das Boot weiter hinaus auf das offene Meer.

*

Großvater hatte später einmal erzählt, wie es abgelaufen war: er sei sehr wütend gewesen wegen der Karte mit dem Herzen darauf - und hatte den Verdacht gehabt, dass der Filialleiter der Bank sehr viel mehr Interesse an meiner Großmutter gehabt haben könnte, als Großvater lieb gewesen war. Deshalb wollte er ihn zur Rede stellen. Aber dann war es ganz anders gekommen. Als er mit der merkwürdigen Erklärung, Milch einkaufen zu müssen von uns aufgebrochen war und schließlich auf dem Parkplatz vor der Sparkasse angehalten hatte und auf den Filialleiter traf, war der gerade dabei gewesen, die Filiale abzuschließen. Sie hatten sich angesehen, und der Filialeiter schien erst überrascht, aber dann habe er noch einmal aufgeschlossen und meinen Großvater hereingebeten. Großvater sei ihm gefolgt und der Filialleiter hatte hinter dem Tresen in einer Schublade gesucht und ihm ein Sparbuch auf den Tresen gelegt. Großvater wollte aber gar nicht nachsehen und hatte ihm einfach nur die Visitenkarte entgegengeschoben. Er war wahrscheinlich sehr verletzt, weil er angenommen hatte, dass meine Großmutter, mit der er so viele Jahre so glücklich gewesen war, plötzlich Augen für einen anderen Mann gehabt haben könnte. Aber der Filialleiter hatte ihm versichert, dass er das völlig falsch verstanden habe und hätte ihm erklärt, dass nicht nur meine Oma leidenschaftlich Bingo gespielt hatte, sondern auch er selbst an den gemeinsamen Abenden in der Gemeindehalle gewesen war, weil auch er das Bingo-Spiel liebte. Und dann hatte er ihm erklärt, dass meine Großmutter nur in Wirklichkeit eben in dieser Gemeindehalle zusammen mit dreißig anderen Bingo-Begeisterten zusammengetroffen war. Aber tatsächlich hätten sie im PLUS-SPIEL gespielt, dass hieß, dass sie online über Internet auch mit dem Festland mit hunderttausend anderen Menschen im gleichen Spiel verbunden und beteiligt gewesen war. Es sei deswegen gar nicht allein um den Gewinn aus gerade mal der wenigen aus der Gemeindehalle gegangen. Stattdessen ging es um den Einsatz aller im Spiel beteiligten. Der Filialleiter habe die letzte Seite Großmutters Sparbuch aufgeschlagen und ihm erklärt, dass sie an diesem Abend mehr als siebzigtausend Euro gewonnen hatte. Natürlich habe er ihr sofort angeboten, das Geld ihrem Sparbuch gutzuschreiben. Er sei immerhin Filialleiter ihrer Bank gewesen. Die Visitenkarte mit dem Herzen erklärte er damit, dass er meiner Großmutter an dem Abend ihres Gewinns seine Unterstützung zusagen wollte, doch die einzige Visitenkarte, die er noch hatte, war eine, die seine vierjährige Enkeltochter tags zuvor für ihn bemalt hatte.

Großvater hatte uns später angesehen und eingesehen, dass er sich ziemlich blöd verhalten hatte. Papa hatte mich vorgewarnt, dass Erwachsene manchmal wirklich schräge Dinge bringen würden. Wieder: keine echte Vorfreude auf meine eigene Zukunft. Ich war mir sicher und wollte wirklich in meinem Leben ganz Vieles anders machen.

AUF DEM MEER

Plötzlich fing der Motor an, zu stottern. Es klang fast wie ein Husten, aber dann fiel er einfach aus. Das Boot trieb langsam in den Wellen aus. Wir schauten uns ängstlich an. Ich kniete vor dem Außenborder nieder und riss mehrfach an dem Seil, so wie Großvater es uns gezeigt hatte, doch ohne Erfolg. Kurz hatte ich den Gedanken, dass wir tatsächlich in der Klemme – in einer sehr großen Klemme – stecken könnten. Ich wusste auch nicht, wie es weitergehen sollte und schüttelte den Kopf. Ich überlegte, dann fiel mir etwas ein und ich nahm mein Smartphone heraus und klickte auf Toms Nummer, die er mir nach der Fahrradreparatur gegeben hatte. Es tutete drei Mal und Tom nahm tatsächlich ab.

„Ja?", sagte Tom.

Ich war etwas aufgeregt. „Tom hey, Stine hier", rief ich in das Telefon hinein.

„Stine, ja?" Toms klang überrascht.

„Ja, Wir…". Ich sah mich hilflos um. „Wir brauchen deine Hilfe", stotterte ich.

Es entstand eine Pause und ich war kurz abgelenkt von einer besonders großen Welle, die unser Boot anhob, aber zum Glück, ohne dass sie über die Bordwand schwappen konnte. Lina und Leonore hielten sich an ihren Sitzbänken fest.

„Ja, was kann ich tun?", fragte er verwirrt.

„Wir sind auf dem Meer und ein Boot ist gekentert. Wir wollen den Geflüchteten helfen. Sie sind irgendwo hier draußen."

„Ihr seid bei Dunkelheit auf dem Meer?", fragte Tom ungläubig. „Und wer ist bei euch?"

„Wir sind zu dritt. Meine Schwestern und ich. Hilfst du uns?" Ich legte etwas Strenge in meine Stimme, weil ich fand, dass Tom vielleicht nicht die Notwendigkeit erkannte, dass wir wirklich auf seine Hilfe angewiesen waren.

„Kannst du meinem Großvater Bescheid geben, dass er mit dem großen Boot kommen soll? Er ist ins Dorf gefahren."

„Äh, ja", sagte Tom schließlich.

„Er wollte zu Ennes Laden, aber vielleicht hat er auch das Licht des Leuchtturms gesehen und ist wieder auf dem Weg zurück."

„Wo seid ihr?"

Ich schaute mich um.

„Ich weiß nicht", erwiderte ich. „Wir sind vom Leuchtturm rechts an Vestingor vorbei aufs offene Meer gefahren und wollen zu den Sandbänken."

Tom wurde plötzlich unverständlich.

„Was…? Tom, hörst du mich?". Aber Tom antwortete nicht mehr und dann brach die Verbindung ab.

„Mist", entfuhr es mir und mir wurde klar, dass wir von hier an vollständig auf uns allein gestellt waren. Ich steckte das Telefon ein. Lina und Leonore sahen mich an. Ich blickte zurück, aber ich hatte keine Antwort.

Plötzlich war es Lina, die die Initiative ergriff und zwei Ruder vom Boden des Bootes hochnahm und in die Gabeln an den Seitenwänden einfädelte. Dann begann sie zu rudern. Leonore fand unter der Bugabdeckung eine Lampe und hob sie auf und schaltete sie ein. Stolz präsentierte sie uns ihren Fund und leuchtete auf das Meer vor dem Bug.

Für einen kurzen Moment stellte ich mir vor, wie Großvater den Supermarkt verließ und auf den Parkplatz trat und hoffte inständig, dass er den Lichtkegel des Leuchtturms wahrnehmen würde und ahnen könnte, dass wir seine Hilfe dringend brauchten. Vielleicht hatte auch Tom meinen letzten Satz am Handy hören können und würde versuchen, Großvater zu benachrichtigen. Aber es waren zu viele *Wenn* und *Aber* in meinen Gedanken. Ich schaute zurück zum Leuchtturm und dem Ufer, dass nun in völliger Dunkelheit verschwunden war. Ich fragte mich, ob wir umkehren sollten. Aber dann wären die Menschen draußen auf dem Meer sicher verloren gewesen. Ich zitterte ein wenig, nicht weil mir kalt war, sondern weil ich Angst hatte. Ich schaute zu meinen Schwestern. Leonore leuchtet unbeirrt mit ihrer Taschenlampe über die Wellen und Lina ruderte beharrlich unser Boot ihrem Lichtstrahl folgend hinterher. Ich kletterte hinüber zur freien Bank vor Lina und griff nach den Rudern, hängte sie ebenso in die Gabeln an beiden Seiten des Bootes, wie Lina es getan hatte und tauchte sie ins Wasser. Nach einer Weile hob ich den Kopf und schaute zurück zum Ufer. Der Leuchtturm lag weit zurück und warf sein helles Licht über uns hinweg, wie einst die ersten Leuchtfeuer vor Erfindung der Elektrizität vom Ufer aus den Seefahrenden Orientierung gegeben hatten. Ich nickte meinen Schwestern zu. Dann ließ ich die Ruder wieder ins Wasser tauchen und zog so fest ich konnte und hoffte auf ein Wunder. Ich horchte dem Ruderschlag meiner Schwester und versuchte meinen in einen gemeinsamen Rhythmus zu bringen. Dann ruderten wir gemeinsam weiter – weg vom Leuchtturm und dem Ufer immer weiter hinaus auf das Meer.

*

Ich gab mich ganz dem Hin und Her meiner Armbewegungen hin, versuchte immer noch Gleichmäßigkeit zu finden, um nicht spüren zu müssen, wie anstrengend es war, gegen den Widerstand des Wassers anzukämpfen: Eintauchen und auf beiden Seiten mit gleicher Kraft stetig ziehen. Es war nicht leicht die Richtung zu halten. Aber es gelang immer besser. Leise begann ich die Schläge zu zählen und zwang mich gleichzeitig, nicht ständig nach oben zu schauen, um immer wieder den neu gewonnenen Abstand zum Ufer zu überprüfen. Lina schien es mir gleich zu tun, denn auch sie hielt ihren Kopf gesenkt, während wir beständig weiterruderten.

„Es wird grün, es wird grün", rief Leonore plötzlich aufgeregt und zeigte mit dem Finger über das Heck. Lina und ich hoben die Ruder aus dem Wasser und schauten vor uns. Tatsächlich verfärbte sich der Lichtstrahl des Leuchtturms in ein smaragdfarbenes Grün.

„Hier müssen die Sandbänke sein", rief ich. „Und wenn wir Glück haben, finden wir sie".

Lina und ich hielten die Ruder über dem Wasser fest. Das Boot trieb langsam auf den Wellen aus. Leonore richtete ihren Lichtstrahl wieder auf das Meer. Gemeinsam lauschten wir in die Dunkelheit. Langsam tauchte ich meine Ruder zurück ins Wasser und zog vorsichtig daran. Wir behielten einander im Blick und lauschten in die Dunkelheit.

Plötzlich hörten wir vereinzelte Rufe in einer uns nicht bekannten Sprache. Leonora ließ den Kegel ihrer Lampe kreisen. Dann sahen wir das gekenterte Boot mit den dunkelhäutigen Menschen, die sich am Rumpf ihres Bootes festklammerten. Wir sahen auf die Menschen im Wasser. Auch wenn wir in der Dunkelheit ihre Gesichter nur schwach erkennen konnten, blitzte das Weiß ihrer Augen im Mondlicht. Wir winkten ihnen zu. Die Frauen und Männer winkten zurück. Es waren mindestens zehn oder zwölf Männer und Frauen.

Leonore rief uns vom Heck des Bootes zu: „Das sind viel zu viele für unser kleines Boot!"

Lina und ich schauten uns an. Wir wussten, dass Leonore recht hatte. Ich sah eine Frau, die ihren hochschwangeren Bauch über Wasser hielt. Dann ließ sie von dem im Meer treibenden Kiel los und schwamm auf unser Boot zu. Gemeinsam griffen wir nach ihren Armen und zogen sie mit vereinten Kräften an die Bordwand. Doch wir waren zu schwach, um sie an Bord zu hieven. Ich sah die Frau an. Und auch sie schaute zu uns. Auf ihrem Gesicht tanzten viele Sommersprossen, doch im Gegensatz zu denen von Theresa aus unserer neuen Klasse waren sie dunkler als das Braun ihrer Haut. Trotzdem waren sie im Mondlicht gut zu erkennen. Wir sahen uns erschöpft an. Und obwohl ihre Situation verzweifelt war, blickte sie irgendwie zuversichtlich zu uns hinauf.

Ich sah jetzt immer weniger eine Lösung für unser Problem. Wir waren weit draußen auf dem Meer mit einem viel zu kleinen Boot, um so viele Menschen aufnehmen zu können, und wir hatten keine Möglichkeit, Hilfe zu holen.

„Mama", rief ich plötzlich.

Lina hob den Blick und starrte mich an. Auch Leonore schaute auf.

„Mama", sagte ich wieder. „Wo immer du auch bist, kannst du uns bitte helfen. Wir..."

Ich konnte nicht weitersprechen, weil ich weinen musste. Meine Schwestern wendeten ihren Blick reflexartig von mir ab, weil sie von ihrer großen Schwester in diesem Moment wohl erwarteten, dass ich ihnen entweder eine klare Ansage machte - wofür sie mich dann auch hassen durften - oder ihnen eine Hilfe anbot, die ihnen aus unserer Situation helfen würde – für die es auch keinen Dank bedurfte, weil ich in ihren Augen ja nur die blöde ältere Schwester mit Vorrechten war. Aber jetzt fiel mir nichts ein und ich hatte selbst nur Angst. „Mama," rief ich noch einmal laut und wischte mir die Tränen aus dem Gesicht. „Du warst doch immer für uns da."

Mir fielen plötzlich ganz viele Momente mit Mama ein: so als Leonore beinahe ertrunken wäre, weil sie nicht auf Mama hatte hören wollen und im Park nahe unserem Zuhause mit dem Roller von der Anhöhe immer weiter auf das Ufer zugefahren war und dabei schneller wurde, bis sie nicht mehr bremsen konnte und einfach über die Uferkannte in den dahinterliegenden Kanal gestürzt war – und dass – obwohl sie noch gar nicht schwimmen konnte. Mama war den kleinen Hang im Park hinuntergerannt und ihr durch das dichte Gestrüpp hinterhergesprungen, ohne sehen zu können, wohin sie fallen würde, und hatte sie aus dem Wasser gefischt. Leonore sprach beinahe zwei Wochen nicht mehr mit meiner Mutter, weil sie offenbar fand, dass Mama für das Desaster und ihren Schreck im Wasser verantwortlich gewesen war. Oder als Lina sich auf einer Waldwanderung den Fuß verstaucht hatte und Mama sie zwei Stunden lang in ihrem Arm tragen musste, bis Papa, der uns vorausgeeilt war, mit dem Auto kam und uns abholen konnte.

*

Lina wischte sich selbst eine Träne aus den Augen und wendete ihren Blick entschlossen den Menschen im Wasser zu. Leonore folgte meiner Schwester.

Mein Blick fiel auf ein Seil im Fußraum des Bootes. Ich griff danach und warf es den Menschen entgegen, die sich an dem gekenterten Kutter festhielten. Dann band ich das andere Ende an einem Haken am Heck unseres Bootes fest.

Einer der Männer, nahm das Seil auf und schaute mich fragend an. Er war bestimmt jünger als Papa und wirkte sehr athletisch.

Ich dachte, dass ich ihm etwas sagen sollte, wusste aber nicht, wie ich mich erklären könnte, weil ich sicher war, dass er meine Sprache nicht verstehen würde. Also nahm ich ein Ruder und stellte es voller Wucht vor mir auf. Das Meerwasser tropfte vom Ruderblatt direkt auf mich herunter, doch ich wischte mir das Wasser sofort wieder aus dem Gesicht. Ich zeigte erst auf das Ruder dann auf ihn und alle anderen im Wasser, weil er sicherlich Hilfe brauchen würde

Der Mann verstand offenbar, was ich sagen wollte. Erst er und mit ihm ein weiterer Mann mit einem freundlichen Gesicht aber tiefen Narben auf der Wange und über dem linken Auge, schwammen zu uns zum Boot. Fast zeitgleich lösten sich auch zwei Frauen vom Kiel des Schiffes und folgten ihnen. Sie umrundeten uns und hielten sich an der Bordwand fest. Es schien beinahe, als wären sie Profis und seit langem auf solche Situationen eingespielt. Es brauchte jedenfalls keine Koordination. Jeder und jede schien zeitgleich zu wissen, was zu tun sei. Während sich erst die beiden Männer auf der einen Seite des Bootes an der Bordwand nach oben zogen, hielten die beiden Frauen auf der gegenüberliegenden Seite im Wasser dagegen. Lina und ich versuchten ihnen dabei, so gut, wie wir konnten, zu helfen. Dann halfen sie sich gegenseitig und zogen anschließend gemeinsam die schwangere Frau an Bord.

Mittlerweile hatte sich das Boot in der Strömung gedreht und über Bug war jetzt der Leuchtturm zu sehen. Leonore kletterte vorsichtig zum Heck und schaute sich sorgenvoll nach uns um.

„Wir sind viel zu viele", sagte sie und deutete auf die Wasserkannte.

Leonore und ich schauten über Bord und nicken uns zu. Das Boot lag tatsächlich viel zu tief im Wasser. Mir fiel Großvaters Warnung ein, dass die kleinen Boote nicht für die Hohe See geeignet waren. Jetzt verstand ich, was er meinte. Und plötzlich bekam ich Angst, dass mein ganzer Plan scheitern könnte und wir alle in großer Gefahr waren. Lina und Leonore schauten mich an und warteten auf meine Antwort. Ich sah zu den Menschen im Wasser, die sich jetzt nacheinander vom Kiel des gekenterten Kutters lösten und nach dem Seil griffen. Mir wurde klar, dass das Boot leichter werden musste, um nicht unterzugehen, denn, wenn dies passieren würde, wären wir alle verloren.

Ich musste nachdenken. Dann kam mir etwas in den Sinn und ich sah meine Schwestern an.

„Die Strecke!", rief ich aus.

Lina und Leonore schauten auf.

„Was?" Lina starrte mich an.

Doch ich war mir sicher. „Na klar", triumphierte ich. Wir hatten es in der Schule, weißt du noch?"

Ich schaute Lina an. „Spannung stabilisiert die Linie zwischen zwei Punkten!"

„Willst du jetzt Matheaufgaben lösen?", schrie Lina mich an.

„Nein," rief ich. „Wir müssen uns mit den anderen am Seil ziehen lassen.

Ich kletterte hinüber zu ihr und flüsterte in ihr Ohr.

Lina schaute mich erschrocken an, doch dann dachte sie nach. Langsam hob sie ihren Blick zum Leuchtturm und nickte mir schließlich unsicher zu. Ich griff ihre Hand und wir kletterten weiter bis zum Heck, wo Leonore saß und die Menschen im Wasser fest im Blick behielt.

„Du bleibst hier", sagte ich eindringlich. „OK?"

„Und ihr?", wollte Leonore ängstlich wissen.

„Wir halten uns mit den anderen am Seil fest", erwiderte ich.

„Nein", rief Leonore erschrocken. „Ihr wollt ins Wasser?" Sie schaute uns mit angstgeweiteten Augen an.

Ich beugte mich zu ihr herunter. „Mama hatte gesagt, dass sie keine Angst habe. Und wenn sie keine hatte, dann müssen wir auch keine haben."

Ich sah meiner kleinen Schwester in die Augen und versuchte so viel Zuversicht in meinen Blick zu legen, wie nur irgend möglich. Dabei fühlte ich unglaubliche Angst in mir aufsteigen. Ich hatte das Gefühl, einen schrecklichen Fehler begangen zu haben, aber ich wusste auch nicht, wie ich irgendetwas in meinem Plan hätte besser machen können. Und dann, ganz plötzlich, fühlte ich mich erleichtert und ich wusste, dass ich einfach nur alles versucht hatte, um Schreckliches zu verhindern, dafür aber Menschen zu retten und vielleicht sogar…. Ich konnte den Gedanken nicht zu Ende denken.

Lina fasste nach meiner Hand und riss mich aus meinen Gedanken. Leonore beobachtete uns gebannt. Gemeinsam sahen wir auf die Wellen. Lina und ich zogen unsere Smartphones aus unseren Hosentaschen heraus du schoben sie unter die vordere Sitzbank. Dann warf Lina mir einen forschenden Blick zu, doch bevor ich etwas sagen konnte, nickte sie mir zu und sprang ins Wasser. Ich war überrascht, dass sie wirklich tat, was ich ihr doch nur vorgeschlagen hatte. Aber sie schien es wie eine verbindliche Anweisung ihrer erfahreneren, älteren Schwester verstanden zu haben.

Ich schaute ihr hinterher, wie sie unter und wieder auftauchte und nach dem Seil fasste. Jetzt war mir klar, dass es kein Zurück mehr geben würde. Bis hierher waren wir gekommen und jetzt mussten wir auch diesen Schritt gehen. Ich wendete mich noch einmal zurück zu den Männern und Frauen im Boot und zeigte auf den Leuchtturm. Sie richteten die Ruder ein und nickten mir zu.

Ich hörte auf zu denken, holte tief Luft. Dann ließ auch ich mich fallen.

Das Wasser war unglaublich kalt und in dem Dunkel schien es keinen Ton zu geben. Alles blieb still. Für einen kurzen Moment fragte ich mich, ob das der Tod sei. Kalt, ohne Licht und ohne jedes Geräusch. Ich öffnete die Augen, fühlte das Salz des Wassers darin und begann panisch an die Oberfläche zu kommen. Plötzlich ergriff mich eine Hand, die mich nach oben zog. Ich holte Luft und schaute mich um. Eine Frau griff nach mir und zog mich an ihre Seite. Sie hatte ein rundes Gesicht und irgendwie spürte ich, dass sie eigentlich gerne lachte, doch jetzt war ihr Blick ernst. Ich fasste nach dem Seil. Lina lächelte mir zwischen zwei anderen Frauen hinter mir zu und ich wusste, dass sie bei ihnen sicher sein würde. Gleichzeitig aber fühlte ich, wie das Wasser meine Jeans schwerer werden ließ und in meine Schuhe eindrang. Das T-Shirt klebte auf meiner Haut.

Die beiden Frauen und Männer auf dem Boot griffen nach den Rudern, suchten nach gegenseitigem Augenkontakt und stemmten sich mit aller Kraft gegen das Wasser. Lina hatte

Mühe an der Oberfläche zu bleiben. Die Frauen am Seil griffen immer wieder nach ihr und hoben sie zurück nach oben. Das Seil nahm schließlich Spannung auf, schnipste aus dem Wasser und tropfte ab. Wir verstärkten unseren Griff darauf und wurden mit einem sanften Ruck spürbar mitgezogen. Die Vier im Boot an den Rudern nahmen den rotierenden Lichtstrahl des Leuchtturms ins Visier und ruderten nach Leibeskräften.

*

Ich fror im kalten Wasser, wendete mich um und suchte nach Lina. Sie sah mich hilfesuchend an. Auch sie schien am Rande ihrer Kräfte zu sein. Eine Welle schwappte über sie hinweg und Lina verschwand unter der Wasseroberfläche. Ich sah ihr angstvoll hinterher, doch die Frau hinter ihr an dem Seil griff nach ihr und zog sie zurück an die Oberfläche. Lina prustete, schaute die Frau dankbar an und fasste wieder nach dem Seil.

Es verging eine gefühlte Ewigkeit. Ich versuchte so etwas wie Routine zwischen meinen Arm- und Kopfbewegungen zu bekommen, um mich über Wasser und Lina im Blick zu behalten. Aber ich spürte auch, dass meine Kraft und auch die Kraft aller Frauen und Männer mit uns im Wasser erschöpft war und ich fragte mich, wie lange wir noch aushalten konnten. Auch die zwei Frauen und Männer im Boot rissen am Rand der Erschöpfung an den Rudern, um die Spannung auf dem Seil aufrecht zu erhalten. Leonore hielt ängstlich über Heck nach uns und den Menschen im Wasser Ausschau. Sie streckte verzweifelt ihren Arm nach uns aus.

Ich winkte ihr zu. „Wir schaffen das", rief ich.

Im Hintergrund kreiste das Licht des Leuchtturms über das Meer.

153

Dann wurde alles plötzlich ganz hektisch. Die Männer und Frauen im Boot rissen die Ruder hoch und legten sie an der Seitenwand ab. Sofort erschlaffte das Seil und wir im Wasser schauten uns erschrocken an. Scheinwerferlicht von mehreren Seiten erfasste uns. Unsicher paddelten wir im Wasser umher. Dann tauchte neben uns der Bug eines großen Schiffes auf.

„Großvater", rief Leonore triumphierend und wendete sich uns zu. „Es ist Großvater!"

Fast gleichzeitig traf auch ein Boot der Küstenwache ein. Gemeinsam zogen sie die Menschen aus dem Wasser. Großvater hob Leonore vom Bug des Bootes an Bord und nahm sie fest in den Arm. Dann half er nach und nach den Männern und Frauen auf das Schiff. Schließlich zog er Lina zu sich und umarmte sie. Als er mich aus dem Wasser hob, hielt er mich kurz von sich fern und fixierte mich mit strengem Blick. Ich senkte die Augen und wusste, warum er wütend auf mich war. Ich suchte nach Worten und wollte mich erklären, doch mir war so kalt, dass ich keinen Satz hervorbrachte.

„Es, wir…", stotterte ich.

Großvater ließ mich nicht weitersprechen und nahm mich stattdessen fest in seine Arme. Auch ich warf meine Arme um seinen Hals und fing vor Erleichterung an zu weinen. Wir hielten einander fest.

*

Großvater wendete den Kutter und hob die Hand mit Blick auf das Boot der Küstenwache. Der Kapitän des anderen Bootes erwiderte seinen Gruß. Dann gab Großvater Vollgas und steuerte auf die Küste zu. Das Boot der Küstenwache folgte ihm. Leonore, Lina und ich saßen im Schutz der Bordwand an Deck neben den Männern und Frauen, die so viel aufgegeben und so viel gewagt hatten. Gemeinsam hielten wir uns aneinander fest. Ich schaute zum Steuerhaus zu Großvater und erst jetzt erkannte ich, dass auch Tom mit an Bord war. Er stand neben ihm und sah durch das kleine Fenster zu mir herüber. Ich war so überrascht, ihn hier zu sehen, dass ich seinem Blick ausweichen wollte und senkte spontan die Augen. Ich war – wow! – sowas von beeindruckt, dass er uns bis hier hin gefolgt war, dass ich meine Augen sofort wieder heben musste. Auch Tom schaute immer noch zu mir herüber und wich meinem Blick nicht aus. Plötzlich musste ich lächeln. Und auch Tom lächelte zurück. Ganz selbstsicher winkte er mir zu. Dann schaute er zu meinem Großvater herüber und es schien, als ob er ihm tatsächlich Hinweise durch seinen Fingerzeig geben konnte, den Großvater auch annahm, indem er ihm zunickte. Ich konnte sie nicht hören, aber ich sah, wie sie miteinander sprachen. Gemeinsam sahen sie aus dem Steuerhaus auf das Meer.

DAS WUNDER

Das blaue Licht von zwei Polizei- und einem Krankenwagen flackerten aufgeregt über die Kaimauern des kleinen Fischereihafens und hüllten uns alle in ein gespenstisches Licht. Aber niemand unternahm etwas, um es auszuschalten. Vielleicht hatten alle, die es gekonnt hätten, Angst davor, dass wir dann nichts mehr sehen würden.

Die Geflüchteten und wir saßen auf der Kaimauer dicht beieinander und hielten uns aneinander fest in den Armen. Auch wenn uns allen trotz der Glitzerfolie, in die wir uns eigehüllt hatten, kalt vom Wind war, fühlten wir uns miteinander irgendwie geborgen. Zwei Polizistinnen und ein Polizist gaben Decken an uns aus.

Plötzlich stand Enne vor uns, verteilte Pappbecher an alle und füllte heißen Tee aus mehreren Thermoskannen hinein. Ich fragte mich, woher sie wusste, dass heißer Tee die Antwort der Stunde war. Enne goss mir ein und schaute mich an. Sie ahnte meine Frage wohl und lächelte. Dann warf sie den Kopf über die Schulter und wies auf meinen Großvater, der den Kutter fest am Kai vertäute.

Ich stand auf und sah mich unter den Männern und Frauen um. Aber die schwangere Frau konnte ich nicht erkennen. Ich schaute zurück zu Lina und Leonore. Sie schienen die gleiche Frage zu haben und erhoben sich. Gemeinsam näherten wir uns dem Krankenwagen, aus dem zunehmend lauter werdende Schmerzensklagen zu hören waren. Mama und Papa hatten uns oft erzählt, wie die Geburt eines Kindes passierte, manchmal auch mit sehr komischen Details, aber ich glaubte, sie wollten sicher gehen, dass wir alle Fakten kannten, bevor wir erwachsen werden würden. Sie hatten uns auch erzählt, wie wir zur Welt gekommen waren. Mama hatte gemeint, dass Papa jedes Mal viel aufgeregter gewesen sei als sie selbst. Bei meiner Geburt hatte Mama sogar das Auto selbst fahren müssen, weil Papa vor Aufregung beinahe ärztliche Hilfe gebraucht hätte. Mama sagte dann – um ihn in Schutz zu nehmen – dass Papa fast alles könne, weil er handwerklich so begabt war. Aber wenn es um Leben oder Tod ginge, sollten wir ihm nicht unbedingt vertrauen. Ich dachte tatsächlich, dass Erwachsene nicht alles konnten, auch wenn sie glaubten, uns beschützen zu müssen. Dabei taten sie das ja nur aufgrund ihrer eigenen Erfahrungen, die ihnen selbst Angst gemacht hatten. Und genau vor diesen Ängsten wollten sie uns bewahren, damit wir ihre Erfahrung nicht machen müssten. Aber was sollte eigentlich falsch daran sein, eigene Erfahrungen zu machen. Mama hatte uns immer ermuntert, Dinge zu wagen und Erfahrungen zu machen. Papa hatte hingegen immer Angst, dass uns etwas passieren könnte. Und plötzlich verstand ich ihn. Papa hatte sicher auch recht, weil wir viel zu klein und zu schwach waren, um so eine Situation, wie diese hier, allein bewältigen zu können. Aber die Erinnerung an Mama hatte uns immerhin befähigt, es trotzdem zu versuchen und über uns hinaus zu wachsen.

Ich stand nahe dem Krankenwagen und senkte den Blick. Lina und Leonore blieben stehen und sahen mich an.

Dann plötzlich wurden die Schreie heller und klangen eher wie ein Weinen. Lina, Leonore und mit einigem Abstand jetzt auch Tom folgten mir.

Wir traten vor den offenen Wagen, sahen das schreiende Kind und die Frau, die erschöpft den Kopf hob und mich ansah. Der Sanitäter und die Sanitäterin halfen ihr, nahmen das Kind entgegen und trennten die Nabelschnur, versorgten beide, Kind und Mutter, und legten schließlich den Säugling auf die Brust der Frau.

Ich lächelte der Frau entgegen. Auch die Frau lächelte und winkte mir zu, ich sollte zu ihr kommen.

Sie rief etwas, dass ich nicht verstehen konnte. Ich glaubte, es war Französisch, weil es ein wenig so geklungen hatte, wie unsere Nachbarn, wenn sie miteinander sprachen. Und von ihnen wusste ich, dass sie aus Toulouse, einer Stadt in Frankreich kamen. Also klettere ich vorsichtig in den Krankenwagen. Der Sanitäter und die Sanitäterin sahen mich an, aber anstatt mich zurückzuweisen, versuchten sie Platz zu machen, damit ich in dem engen Wagen an ihnen vorbeikam. Die Frau aus dem Meer schaute mich an und lächelte.

Wieder sagte sie etwas, das ich nicht verstand. Ich sah hilflos auf.

Der Sanitäter drehte sich zu mir um.

„Sie sagt, du seist sehr mutig. und sie dankt dir," sagte er.

Ich lächelte verlegen, senkte den Blick und nickte mit dem Kopf.

Die Frau nahm ihre neugeborene Tochter von ihrer Brust und hob sie hoch. Sie schaute mich an und bedeutete mir, sie zu nehmen. Ich war unsicher, doch die Frau nickte mir zu. Auch der Sanitäter blickte mich aufmunternd an und nahm unterstützend meine Hand und führte sie zum Nacken des Kindes. Seine Kollegin schaute uns berührt zu.

„Stütze ihren Kopf", sagte der Sanitäter. „Sie kann ihn noch nicht selbst halten".

Ich nahm das Neugeborene in meine Arme, wiegte es vorsichtig in meinen Händen und schaute es an. Mit viel Zungenbewegung und wenigen Lauten nahm es seine neue Umwelt beinahe geräuschlos wahr. Ich lächelte es an und wechselte unsicher Blicke mit der Mutter, dann gab ich dem Baby spontan einen Kuss auf die Stirn, bevor ich es ihrer Mutter zurück in die Arme legte. Ich strich der erschöpften, aber lächelnden Frau über den Kopf. Wir schauten einander an und mussten beide plötzlich grinsen.

Jetzt sagte sie etwas und ich ahnte, dass es eine Frage war. Aber ich wusste nicht, was sie meinte. Ich schüttelte den Kopf.

Sie wiederholte die Frage mit anderen Worten, aber ich verstand noch immer nicht.

Ich war verwirrt und wusste nicht, wie ich antworten sollte.

Der Sanitäter drehte sich zu uns. Ich glaubte, er wollte mir helfen, aber seine Kollegin bedeutete ihm, dass wir das allein aushandeln sollten. Ich schaute zwischen den beiden und der Frau unsicher hin und her.

Dann zeigte die Frau auf sich selbst.

„Naima", sagte sie.

Jetzt hatte ich verstanden. „Stine", sagte ich und legte meine Hand auf meinen Brustkorb.

Naima schaute auf ihre Tochter und führte sie zu ihrer Brust. „Schtine!", sagte sie und grinste mich an. Ich lächelte zurück und bewegte mich langsam zur Tür zurück. Doch dann blieb ich noch einmal stehen, ging auf die Frau zu und beugte mich zu dem Kind in ihrem Arm herunter.

„Ich wünsche dir ein tolles Leben", flüsterte ich ihr ins Ohr. Das Baby drehte den Kopf und schien mich anzuschauen. Aber ich wusste, dass Neugeborene noch gar nicht sehen können. Das hatten Mama und Papa mir schon sehr früh erklärt als Leonore bei uns zuhause geboren wurde und ich sie zum ersten Mal in den Händen halten durfte. Sofort griff das Baby wieder nach der Brust der Mutter und begann zu trinken.

Wärend der Sanitäter und die Sanitäterin Naima und ihre neugeborene Tochter versorgten, stieg ich langsam aus dem Fahrzeug.

Ich glaubte, dass Leonore etwas sagen wollte, aber dann zeigte Lina auf den Anfang des Piers.

„Da!", rief sie.

Wir schauten auf und folgten ihrem Blick. Dann sahen wir, dass eine Frau mit dem Fahrrad auf die Kaianlagen zufuhr.

Tom erkannte sie und sprang auf. „Das ist unsere Lehrerin", rief er.

Frau Dalgau bremste ihr Fahrrad scharf, stieg ab und ließ das Fahrrad fallen. Sie lief auf uns zu, kniete nieder und nahm uns alle zusammen in den Arm. Tom und ich wurden durch die Umarmung dicht aneinandergedrängt. Beinahe berührten sich sogar unsere Wangen. Wir starrten uns an und versuchten einander auszuweichen.

Frau Dalgau löste sich und schaute uns eindringlich an.

„Was habt ihr getan? Ihr hättet…". Sie zögerte und sortierte ihre Gedanken, bevor sie fortfuhr: „Wer weiß, was euch hätte passieren können?"

Ihr Blick fiel auf die Männer und Frauen, die immer noch an der Kaimauer saßen. Dann nickte sie.

„Woher wissen Sie, dass wir hier sind?", fragte ich überrascht.

Sie fühlte sich offenbar ertappt, erhob sich und lächelte verschmitzt.

„Der Seefunk", sagte sie. „Hier hören viele den Seefunk. Das gehört einfach dazu, wenn du hier lebst." Sie schaute zu Großvater am Ende des Kais, der im Gespräch mit den beiden Polizeibeamtinnen war. Auch Großvater blickte zu uns herüber und nickte den Beamtinnen zu, wendete sich ab und lief den Kai herauf.

„Ich denke, es ist besser, wenn wir jetzt alle nach Hause gehen", sagte Frau Dalgau. „Wir sehen uns dann morgen wieder in der Schule".

Wir nickten.

„Tom, wissen deine Eltern, wo du bist?", fragte sie und sah ihn an. Tom schaute auf und blickte verlegen zu mir herüber.

„Ich glaube, nein", gestand er unsicher ein.

Frau Dalgau nickte und legte ihm die Hand auf die Schulter.

„Alles gut", sagte sie mit einem beruhigenden Tonfall in der Stimme und stand auf. Sie ging zu ihrem Fahrrad und hob es auf. Dann setzte sie sich auf den Sattel und sah Tom auffordernd an.

„Na los", sagte sie und winkte ihm mit ihrem Kopf zu. Tom folgte ihr und setzte sich auf den Gepäckträger. Ich schaute ihnen hinterher und fühlte mich überrumpelt, weil ich gerne noch mit Tom gesprochen, irgendwas gesagt hätte zu ihm, irgendwas Nettes, ich war mir nicht sicher.

Frau Dalgau nahm Schwung, dann fuhren sie über den Pier auf den Wald zu. Tom wendete sich von seinem Sitz auf dem Fahrrad zurück und blickte mich an. Ich schaute ihm nach, hob die Hand und winkte. Dann nahm ich mein Handy heraus und tippte in die Nachrichtenzeile seines Kontaktes: *‚Danke, dass du uns gerettet hast'.*

Ich konnte sehen, wie er auf dem Fahrrad in der Entfernung nach seinem Handy griff. Dann winkte er noch einmal zurück.

Leonore neigte sich Lina zu und frotzelte, „Tom und Stine finden sich gut, oder?".

Lina knuffte Leonore mit dem Ellenbogen in die Seite.

„Bleib ruhig", knurrte sie.

Gemeinsam schauten wir Frau Dalgau und Tom hinterher. Tom sah zurück. Dann waren sie fort.

Kurz bevor Großvater uns erreichte, flüsterte jetzt Lina uns etwas zu. Wir nickten. Dann rannten wir los. Lina und Leonore stürmten an Großvater vorbei. Großvater schaute uns überrascht hinterher. Ich drehte mich zu ihm um.

„Wir sind gleich zurück", rief ich.

Dann lief ich meinen Schwestern hinterher.

Wir verabschiedeten uns von den Frauen und Männern in zahlreichen Umarmungen, genossenen es und drückten sie fest.

„Wo geht ihr jetzt hin?", fragte Leonore.

Die Geflüchteten schauten sie an und verstanden nicht, genauso, wie ich die Frau im Krankenwagen nicht verstanden hatte. Leonore sah sie an. Leonore zeigte auf das Festland. Die Frauen und Männer schauten sie stumm an und hoben fragend die Schultern.

Dann verabschiedeten wir uns und winkten einander zu. Gemeinsam liefen meine Schwestern und ich den Kai zurück, während zwei Autos in hoher Geschwindigkeit an uns vorbeifuhren. Wir drehten uns um. Die Wagen hielten an. Zwei Frauen und ein Mann sprangen heraus. Eine von ihnen griff nach einer Kamera und schaltete ein Licht über dem Objektiv ein. Wir blieben stehen und sahen ihnen neugierig zu.

Der Mann drückte einige Knöpfe auf einem Gerät, dass er vor seinem Bauch trug und hielt an einer Stange ein Mikrofon den Geflüchteten entgegen. Dann trat die zweite Frau zusammen mit einer der Frauen, die das Boot gerudert hatte, vor die Kamera und begann zu sprechen. Die Frau mit dem Mikrofon schien ihr eine Frage zu stellen und die Frau, die gerudert hatte, antwortete ihr aber zeigte plötzlich in unsere Richtung und die Frau mit dem Mikrofon sah auf und starrte zu uns herüber. Dann schwenkte auch die Kamera in unsere Richtung.

Mir wurde die Sache unheimlich und ich drängte meine Schwestern entlang dem Kai auf Großvaters Van zu. Wir stiegen ein und schnallten uns an. Großvater beschleunigte und lenkte den Wagen vom Pier auf die Hauptstraße. Wir schauten durch das Rückfenster zurück zu den Menschen am Pier und den Lampen des Kamerateams. Großvater folgte uns mit seinem Blick durch den Rückspiegel.

Ich wendete mich nach vorne und schaute Großvater im Rückspiegel direkt an. „Warum sind diese Menschen überhaupt hierhergekommen?", fragte ich.

„Ich habe mit der Küstenwache gesprochen," sagte Großvater. „Sie sagen, sie sind ursprünglich aus dem Jemen, einem sehr armen Land in Afrika über Lybien mit einem Boot über das Mittelmeer nach Frankreich an die Ostküste aufgebrochen und von dort über Land bis an die Westküste gewandert. Meistens in der Nacht, um nicht entdeckt zu werden. Ihr letztes Geld haben sie für das Boot ausgegeben, dass sie hierherbrachte. Eigentlich wollten sie nach Schottland. Offenbar gibt es dort jemand, der ihnen Hilfe angeboten hatte. Aber dann sei der Motor ausgefallen und der Wind habe sie immer weiter auf die Sandbänke zugetrieben, wo sie schließlich auf Grund gelaufen sind und kenterten."

Ich fragte mich, was diese Menschen alles hinter sich gelassen hatten. So vieles, was sie verloren und aufgegeben hatten, allein um hier anzukommen, wo alles fremd sein würde und wie Großvater sagte, sie auch von vielen Menschen nicht willkommengeheissen würden.

Großvater steuerte den Wagen vom Hafen hoch hinauf durch den Wald. Er hielt inne, dann sah er sich kurz nach hinten um und schaute uns an. Dann wendete er seinen Blick wieder auf die Straße.

„Ihr seid im letzten Moment gekommen", sagte er und sah uns im Rückspiegel an.

„Warum habt ihr nicht auf mich gewartet?" fragte er streng.

Lina und Leonore sahen mich an. Auch wir wussten die Antwort nicht. Ich fühlte mich unter Druck, schaute unsicher auf und zwischen meinen Schwestern und Großvater hin und her. Für einen Moment spürte ich sogar Wut auf meine Schwestern, dass sie sich in heiklen Momenten immer gerne wegduckten oder mich vorschickten, wenn es brenzlig wurde. Aber ich fasste mich und sah auf.

„Du warst nicht da und dein Handy lag auf dem Wohnzimmertisch", sagte ich sehr klar. Ich sah Großvaters Blick im Rückspiegel und ich fühlte im gleichen Moment, dass ich Recht hatte.

„Wir wussten ja gar nicht, wo du bist und wann du wiederkommst", sagte Lina plötzlich. „Da war nur der Notruf auf dem Seefunk und irgendetwas mussten wir ja tun".

Ich sah meine Schwester erstaunt an, weil ich ihre Unterstützung nicht erwartet hatte. Lina sah nur kurz zu mir herüber, dann verschwand sie wieder in der Dunkelheit ihres Sitzes.

Großvater schien zu verstehen und konzentrierte sich darauf, den Wagen sicher durch den Wald zu fahren. Unsere Blicke trafen sich erneut im Rückspiegel.

„Es war trotzdem falsch, was ihr getan habt," sagte er, „weil ihr euch selbst in Lebensgefahr gebracht habt."

„Also war es gut oder war es nicht gut, was wir getan haben?", fragte Leonore.

Großvater dachte kurz nach, dann schaute er auf.

„Es war gut, was ihr getan habt, weil ihr Menschenleben retten konntet. Aber es war nicht gut, weil ihr selbst hättet sterben können".

Leonore war kurz vor einem Nervenzusammenbruch und schaute Großvater fordernd an. „Also was jetzt?", rief sie aufgebracht.

Großvater zögerte. „Es war trotzdem gut", lenkte er ein.

Wir schauten uns lächelnd an.

„Und es ist ein Wunder, dass ihr überlebt habt", ergänzte er.

Großvater blickte mich im Rückspiegel an. Auch ich hob die Augen und schaute zurück. „Wunder geschehen immer wieder", sagte er und lächelte mir zu.

*

Großvater trug die fast schlafende Leonore die Treppe hinauf und legte sie in das Gemeinschaftsbett in der Mitte unseres Schlafzimmers. Lina und ich kamen im Pyjama herein und legten uns unter die Decke. Großvater deckte uns zu. Leonore erwachte und schaute müde auf Großvater.

„Werden sie es gut haben bei uns?", fragte sie.

Großvater dachte nach. Auch Lina und ich sahen ihn an.

„Dort, wo sie hergekommen sind, herrscht Krieg und viel Elend", sagte er. Sie haben in ihrem Land nicht bleiben können. Hier würden sie zumindest keine Angst mehr haben müssen vor der Gewalt, die ihnen gedroht hat."

„Also können wir ihnen helfen und sie bei uns aufnehmen?"

Großvater stockte und schaute auf.

„Ja", sagte Großvater vorsichtig und ich hörte ein *Aber* in seiner Stimme. „Hier sind sie fremd. Und viele Menschen hier haben Angst, denn wenn heute fliehende Menschen kommen, dann kommen morgen möglicherweise viel mehr und dann müssten sie hier vielleicht das, was sie besitzen, teilen und abgeben. Darum wollen viele, dass wir unsere Grenzen vor ihnen verschließen".

Lina sah Großvater entsetzt an.

„Und die sollen dann alle im Krieg sterben?"

„Manche Menschen interessiert das nicht", erwiderte Großvater und musterte uns.

„Aber mich schon", protestierte Leonore.

„Können wir nicht helfen?", fragte Lina.

„Ihr habt heute sehr viel geholfen", sagte Großvater.

„Wir können doch viel mehr tun", rief Lina erregt.

Großvater schaute uns der Reihe nach an.

„Ja, glaub' ich auch", erwiderte er. „Aber das entscheiden andere."

Leonore war empört und versenkte ihren Kopf in den Kissen.

Großvater strich durch ihre Haare. Dann deckte er uns zu und erhob sich.

„Schlaft jetzt", sagte er.

Wir lächelten müde, weil uns bereits die Augen zufielen. Großvater sah uns an und wollte gehen.

Lina richtete sich auf.

„Opa?", fragte sie.

Großvater hielt inne und schaute zurück.

„Wo glaubst du, dass Mama jetzt ist?"

Großvater setzte sich zurück auf die Bettkannte und sah uns an. Auch Leonore und ich hoben den Kopf.

Er suchte nach Antwort, dann strich er sich über die Brust, dort wo das Herz lag.

„Hier", sagte er, doch er wirkte plötzlich sehr unsicher und er schaute uns mit einem seltsam fragenden Blick an, als wenn auch er am Ende keine Antwort auf unsere Frage geben konnte.

Wir nahmen ihn spontan gemeinsam in den Arm und hielten ihn fest.

An den Erschütterungen seines Körpers nahm ich wahr, dass er weinte. Ich schaute meine Schwestern an und sah, dass auch sie verstanden, was los war. Wir streichelten seinen Nacken. Großvater ließ es geschehen.

Nach einer Weile löste er sich und wischte sich mit dem Handballen die Tränen aus dem Gesicht.

„Wir sehen uns morgen", sagte er. „Gute Nacht."

Wir nickten und krochen zurück unter die Decken.

Dann stand er auf und ging zur Tür.

„Gute Nacht", riefen wir ihm zu.

„Schlaft gut", sagte er, schaltete das Licht aus und schloss die Tür.

Wir drehten in der Dunkelheit die Köpfe zueinander. Das schwache Mondlicht ließ nur wenige Konturen von uns erkennen, aber ich konnte sehen, dass meine Schwestern lächelten.

In meinem Kopf liefen immer noch viele Bilder der vergangenen Stunden vor meinem inneren Auge ab und ich fragte mich, ob es den Menschen von dem Boot gut gehen würde. Ich hoffte, dass sie versorgt sein würden, auch wenn ich wusste, dass sie sich hier sehr fremd fühlen würden. Und ich musste an die Frau im Krankenwagen und natürlich an ihr Kind denken. Und ich dachte an Mama. Alles auf einmal wirkte plötzlich als viel zu viel für mich. Ich hatte keine Ordnung mehr in meinem Kopf – nur noch Müdigkeit.

„Gute Nacht", sagte ich und musste gähnen, doch es schien, als ob meine Schwestern bereits tief eingeschlafen waren.

Niemals war ich aus Erschöpfung dankbarer in den Schlaf versunken als an diesem Abend. Aber auch in diesem Moment folgte ich vor meinem inneren Auge dem rotierenden Lichtstrahl des Leuchtturms, bis mich die Erschöpfung in den Schlaf zog.

ABSCHIEDNEHMEN

Der grelle Strahl der Sonne am frühen Morgen fiel durch das Fenster auf mein Gesicht und weckte mich. Ich kniff die Augen zusammen und wendete mich müde zur Seite. Doch plötzlich war die Erinnerung an den vergangenen Abend wieder da und ich war sofort hellwach. Ich richtete mich auf und entkam so dem hellen Licht. Ich schaute herüber zu meinen Schwestern. Leonore hielt Lina im Schlaf fest mit ihrem Arm umschlungen. Ein außerordentlich großer Kaktus auf dem Fensterbrett verhinderte, dass sie vom Sonnenlicht in ihrem Schlaf gestört werden konnten. Ich griff nach meinem Smartphone und tippte auf die App. Aber eigentlich fiel mir gar nichts ein, was ich sagen wollte.

Es waren so viele Wunder, die passiert waren. Ich war total verwirrt. Und alles war geschehen, seit Mama gestorben war. Ich hätte sie gerne gefragt, was sie von all dem hielt. Aber das war jetzt nicht mehr möglich. Von hier an mussten wir für alles selbst Antworten finden. Ich wusste nicht, ob ich das könnte und all unsere Entscheidungen richtig sein würden. Dann fiel mir ein, dass Mama einmal gesagt hatte, dass das Leben ein Abenteuer sei, das man annehmen müsse. Ich hatte Angst davor, aber ich glaubte, ich war jetzt bereit dafür. Wenn Mama es gekonnt hatte, dann konnten wir es auch.

Ich schloss die App und legte mein Smartphone neben die Matratze. Dann zog ich vorsichtig ein Kissen unter Linas Kopf hervor und baute es als Sichtschutz vor dem Sonnenlicht vor mir auf. Dann schlief ich wieder ein.

*

Ich wurde erneut wach. Etwas hatte mich geweckt. Ich schaute hinüber zu meinen Schwestern, doch die Betten neben mir waren leer. Auch das Licht hatte sich verändert. Die Sonne strahlte nicht mehr in meine Richtung. Ich hob schlaftrunken meinen Kopf, rieb meine Augen und suchte nach Orientierung. Dann spürte ich die Anwesenheit noch einer Person.

„Stine?", sagte die Stimme und ich erkannte sie sofort.

„Papa", rief ich, richtete mich auf und warf meine Arme um seinen Hals.

„Hey Stine", sagte Papa lächelnd und hielt mich fest. Es fühlte sich gut an von seinen starken Armen gehalten zu werden und ich sog seinen Geruch durch die Nase ein, der mir so sehr vertraut war.

Dann aber hob er mich an den Armen von sich fort und musterte mich, ähnlich wie Großvater es gestern auf dem Kutter getan hate. Einen Augenblick sahen wir uns nur wortlos an. Papa hatte so einen komischen Blick. Er sah mich an, als wollte er etwas an mir finden. Ich senkte verlegen die Augen, weil ich nicht wusste, was er meinte.

Aber dann strich Papa mir über das Gesicht.

„Na, meine kleine Heldin", sagte er schließlich und das Lächeln kehrte zurück auf sein Gesicht. Papa gab mir einen Kuss auf die Stirn und nahm mich wieder fest in seinen Arm. Irgendwann ließen wir voneinander los.

„Du bist hier?", fragte ich überrascht.

„Großvater hat mich gestern Abend angerufen und erzählt, was passiert ist", sagte Papa.

„Und dann bist du einfach los?".

Papa nickte. „Dann bin ich einfach los".

Ich musste grinsen, weil ich ahnte, wie viel Mühe es ihn gekostet haben musste, in so kurzer Zeit hier zu sein.

„Hast du alles geschafft, was du zuhause schaffen wolltest?", fragte ich.

Papa dachte nach.

„Was die Aufträge angeht schon. Aber die Wohnung war sehr einsam – ganz ohne Leben. Ich habe euch vermisst," sagte er.

Wir sahen uns an. Dann lächelten wir.

„Komm", sagte Papa, „Großvater hat unten Frühstück für uns gemacht.

Ich nickte und folgte ihm.

*

Tom hatte mir später erzählt, wie er zum Leuchtturm gerannt sei und Großvater ihn beinahe in der Zufahrt zum Haus mit seinem Land Rover überfahren hätte, weil Großvater wohl geahnt hatte, dass etwas mit uns nicht stimmte, als er vom Parkplatz vor der Sparkasse aus das Licht des Leuchtturms hatte kreisen gesehen und sehr aufgeregt zum Leuchtturm zurück gefahren war.

Großvater hatte wissen wollen, was los sei und Tom hatte ihm erzählt, dass wir auf dem Meer waren, um die geflüchteten Menschen vor dem Ertrinken zu retten. Großvater sei sofort ausgestiegen und zum Fischereihafen gelaufen und Tom war ihm einfach gefolgt. Gemeinsam seien sie dann mit Opas großem Boot uns hinterher auf das offene Meer gefolgt und Großvater hatte die Küstenwache über Funk um Hilfe gebeten. Sie seien meinen Hinweisen, die ich Tom am Handy gegeben hatte, gefolgt, doch an der Sandbank fanden sie nur noch den gekenterten Kutter mit seinem an der Oberfläche schwimmenden Kiel.

171

Großvater habe dann das Boot gewendet und sei im Zick-Zack-Kurs über das Meer auf den Leuchtturm zugefahren und Tom habe am Bug aufs Meer geschaut, bis er uns endlich im Licht des Leuchtfeuers erkannte.

,Wie eine Nussschale im Meer', hätten wir ausgesehen, meinte er und Großvater habe erst nicht gesehen, was Tom schon erkannt hatte, weil das Licht des Leuchtturms verschwunden war und Tom ihn beruhigen musste, dass er warten müsse, bis das Licht zurückkäme. Dann habe auch Großvater unser Boot erkannt und mit Volldampf Kurs auf uns genommen.

*

Tom und ich saßen auf einer Mauer im Schulhof. Er starrte mit gesenktem Kopf auf das Schulgebäude. Ich spürte, wie er meinen Blicken auszuweichen versuchte. An den Bäumen im Schulhof war zu sehen, dass der Sommer vorbei war und die ersten Blätter des Herbstes herunterfielen.

„Die Zeit hier war toll", sagte ich und schaute vorsichtig zu Tom herüber. „Und ich freue mich schon darauf, wiederzukommen".

Tom aber blieb starr in seinem Blick. Ich konnte seine Enttäuschung spüren.

„Es war schön hier, wirklich", versuchte ich es erneut und griff verlegen nach meinen Knien.

Tom schaute verunsichert auf. Ich glaubte, er fürchtete sich, mich anzusehen.

Aus den Augenwinkeln heraus konnte ich erkennen, dass er nickte. Dann schwiegen wir einfach.

Ich nestelte an meinen Schuhbändern herum und vermisste seinen Blick.

„Papa hat versprochen, dass wir im Frühjahr wiederkommen", sagte ich und sah ihn direkt an.

Tom schaute kurz auf und lächelte verlegen.

Ich sprang von der Mauer und gab ihm einen schnellen Kuss auf die Wange, so als wollte ich ihm noch einmal *danke* sagen für alles, was er für uns und mich getan hatte. Aber diesmal war es anders: nicht so, als wenn ich mich bei meiner Patentante für ihr Geschenk zu meinem Geburtstag bedanken wollte. Es fühlte sich anders an. Eher wie ein Verbot, das vielleicht gar keines war, nur, dass man es nicht genau wusste. Oder vielleicht wie ein Geheimnis, das zwei miteinander teilen konnten, weil sie sich wirklich vertrauten. Jedenfalls fühlte es sich gut an und richtig. Ich drehte mich noch einmal um und sah, wie Tom sich über die Wange strich und mir nachschaute. Mir gefiel das und ich winkte ihm zu. Auch Tom hob die Hand und winkte zurück.

*

Frau Dalgau stand etwas verloren in der Pausenaufsicht. Als sie uns kommen sah, fasste sie sich und schaute uns aufmunternd an. Für einen Augenblick schien es, als ob sie geweint hätte.

„OK, jetzt gehts endlich wieder zurück nach Hause", sagte sie aufmunternd. Doch es klang etwas gespielt. „Freut ihr euch?"

Wir nickten verhalten.

„Seid ihr startklar?", wollte sie wissen.

Wir nickten erneut, aber echte Freude sah anders aus.

Frau Dalgau kniete herunter und schaute uns verständnisvoll an, so wie sie uns immer angeschaut hatte, seit wir hier angekommen waren – mit viel Wärme und Aufmerksamkeit. Das hatte auch Mama immer gesagt, dass wir aufmerksam füreinander sein müssten und aufeinander aufpassen sollten:

sowohl wir für uns als auch für alle, die unsere Aufmerksamkeit brauchten. Ganz egal, wer das war.

Dann kam Papa über den Schulhof gelaufen und blieb vor uns stehen.

Frau Dalgau nickte ihm lächelnd zu.

„Na dann", sagte sie. „es ist so weit". Wieder sah es so aus, als müsste sie gleich weinen.

Doch plötzlich stürzte ihr Leonore weinend in die Arme.

„Kannst du nicht einfach mitkommen?"

Frau Dalgau fing sie auf und nahm sie erst unsicher, dann aber fest in den Arm.

Lina und ich schauten uns an. Etwas an dem Gedanken meiner kleinen Schwester irritierte und gefiel uns gleichermaßen.

Papa sah uns beobachtend zu. Leonore schaute ihn aus der Umarmung an.

„Wir kommen im Frühjahr wieder", sagte er. „Das haben wir bereits gemeinsam beschlossen."

Lina und ich nickten.

Frau Dalgau löste ihre Umarmung von Leonore und lächelte uns an.

„Wie schön, dann sehen wir uns ja schon bald wieder", sagte sie und wischte sich eine Träne aus dem Auge.

Auch Lina und ich nahmen sie nacheinander in den Arm. Papa sah uns bewegt zu.

„Danke", sagte er und blickte unsere Lehrerin unsicher an.

Frau Dalgau lächelte verlegen und richtete sich auf. Sie schauten sich an und überlegten einen Moment, was sie jetzt vielleicht sagen sollten, aber offenbar fiel ihnen gerade nichts ein. Lina und ich tauschten kurze Blicke und fragten uns, ob wir irgendwie helfen sollten, aber dann gingt Papa auf Frau

Dalgau einen Schritt zu und nahm sie in den Arm. Es war nur ein kurzer Moment, bis er wieder losließ, aber er war lang genug, um zu erkennen, dass auch ihre Arme nach seinem Rücken greifen wollten. Leonore, Lina und ich schauten uns an.

Erwachsene machten immer wieder komische Dinge. Sie sagten beispielsweise Höflichkeiten zueinander, redeten aber später abfällig übereinander oder sie nahmen einander nur spontan in den Arm, obwohl sie einander offenbar niemals mehr loslassen wollten. So sah es jedenfalls gerade aus, als Papa und Frau Dalgau sich in den Armen gehalten hatten.

Es war so eine Sache, die mir bisher wenig Lust gemacht hatte, selbst erwachsen zu werden, weil sie mir viel zu kompliziert erschien. Aber plötzlich empfand ich das gar nicht mehr so. Irgendwie hatte es auch eine seltsame Spannung, wie sie sich ansahen und ich wollte gar nicht, dass sie damit aufhörten.

Papa und Frau Dalgau ließen schließlich trotzdem voneinander ab und schauten sich an.

Auch wir Schwestern tauschten Blicke untereinander.

Papa wirkte wie verändert und sehr nachdenklich. Ich glaubte, er mochte meine Lehrerin, aber ihm fehlte Mama. Mir ging es genauso. Auch aus den Blicken, die Lina und Leonore mit mir wechselten, erkannte ich, dass wir uns nicht sicher waren. Ohne Mama schien alles, was uns erwartete so unsicher. Aber wir wollten Frau Dalgau als Freundin nicht verlieren. Und irgendwie hatte ich Lust, dass sie viel mehr für uns wäre.

„Na los, dann kommt," sagte Papa und nickte uns zu.

Wir folgten unserem Vater über den Schulhof. Ich wendete mich im Gehen noch einmal um. Frau Dalgau schaute uns hinterher. Ich winkte ihr zu. Auch sie hob die Hand zum

Abschied. Und auch Lina und Leonore wendeten sich zurück und winkten.

*

Papa fuhr den roten Volvo über die Ladebordwand ins Innere der Fähre. Lina, Leonore und ich standen draußen auf dem Parkplatz und schauten uns unsicher um. Großvater kam mit seinem Land Rover herbeigefahren und parkte den Wagen vor uns quer zu allen Markierungen. Er stieg aus und lief auf uns zu.

Wir begrüßten ihn freudig. Auch Papa kam laufend über die Ladebordwand zurück zu uns. Großvater verbarg etwas hinter seinem Rücken und beugte sich zu Leonore herunter.

„Ich habe Post für dich", sagte er schelmisch.

Leonore schaute ihn überrascht an.

Er überreichte ihr einen Brief, der viele bunte Marken trug. Leonore und auch Lina und ich waren überrascht und beugten uns über den Umschlag.

„Wo kommt der her?" fragte ich.

Leonore war sich unsicher und hielt uns den Briefumschlag entgegen.

Lina nahm und wendete ihn in ihrer Hand. Gemeinsam starrten wir auf den Absender. Die Buchstaben sahen wie gemalt aus, so als habe Leonore es geschrieben, nur dass manche Worte wie aus meinem Englischübungsheft aussahen.

Auch wir hatten keine Ahnung und gaben den Brief weiter an Papa.

Papa las und suchte.

„Indien, glaub ich", sagte er und zögerte. „Nein, Sri Lanka," korrigierte er und schaute uns erstaunt an. „Das ist wirklich sehr weit weg".

176

Leonore öffnete den Umschlag und zog eine Nachricht heraus. Sie las: „Hochverehrte Leonore, ich bin Jeevan und neun Jahre alt. Heute Morgen habe ich deine Flaschenpost am Strand gefunden und mein Vater hat mir geholfen, deine Nachricht zu übersetzen und auch bei meiner Antwort. Ich bin sehr traurig, dass deine Mama gestorben ist, und ich kann dir mitteilen, dass meine Mutter gerade meine kleine Schwester geboren hat. Sie heißt Nilay und ist sehr süß und ich habe sie sehr lieb. Ich weiß nicht, ob sie vielleicht deine wiedergeborene Mutter ist. Aber ich verspreche dir, dass ich sehr gut auf sie aufpassen werde. Ich wünsche dir ein gutes Leben und wenn du es willst, kannst du uns natürlich jederzeit besuchen kommen. Respektvolle Grüße Jevaan."

Leonore hob den Blick und sah uns alle an.

Eine Glocke ertönte. Wir schauten uns um und wussten, dass das Schiff zur Abfahrt bereit war. Lina, Leonore und ich nahmen Großvater in den Arm. Er strahlte uns an. Dann erhob er sich und nahm auch Papa in den Arm. Als sie sich voneinander lösten, nickten sie einander zu. Papa wendete sich ab, aber Großvater hielt seinen Arm fest. Papa sah ihn fragend an. Doch Großvater zog einen weiteren Umschlag aus der Innenseite seiner Jacke hervor und hielt ihn meinem Vater entgegen. Papa griff verwundert danach, bevor er uns eilig über die Ladebordwand folgte. Großvater schaute uns zufrieden nach.

Die Ladebrücke fuhr langsam hoch und die Fähre legte ab. Mit einem tiefen Hupen verabschiedete sie sich von ihrer Anlegestelle und steuerte hinaus auf das offene Meer.

Papa und wir winkten Großvater zu, der jetzt sehr einsam am Anleger wirkte. Papa öffnet den Umschlag und griff hinein. Er zog ein Sparbuch heraus und war irritiert. Dann blätterte er durch die Seiten und verstand. Er schaute uns an und zeigte auf die aufgeschlagene Seite.

Wir starrten fragend auf das maschinengeschriebene Papier, bis wir in der letzten Zeile am rechten Rand die Zahl entdeckten: 73.763,40€.

„Das ist die Rettung für die Werkstatt", rief Papa aus und nahm uns glücklich in den Arm. Wir jubelten mit ihm, bis Leonore abließ und Papa anstarrte.

„Woher kommt das viele Geld?"

Ich legte meiner Schwester den Arm um die Schulter und beugte mich zu ihr herunter. „Oma hatte einfach Sauglück im Bingo-Spiel", sagte ich. „Da war sie tipp-topp."

Gemeinsam wendeten wir unseren Blick zurück zum Anleger und winkten Großvater zu, der ebenso die Hand winkend nach oben hielt. Ich konnte sein mildes Lächeln sehen, mit dem er uns hinterherschaute.

Plötzlich lief Enne über den Anleger und blieb neben Großvater stehen. Vorsichtig legte sie ihm die Hand um den Arm und schaute uns nach. Sie sahen einander an und er wehrte sich nicht dagegen.

Mich berührte es, sie so zu sehen, weil ich Großvater am Anfang unseres Wiedersehens angstvoll begegnet war, doch jetzt, wo ich ihn besser kennenlernen konnte, fühlte ich mich viel mehr mit ihm verbunden.

Großvater und auch Enne hoben noch einmal die Hand und winkten uns zu. Gemeinsam winkten wir zurück.

Ich hatte ein gutes Gefühl. Mama hatte gesagt, alles könne gut werden. Auch ohne sie. Vielleicht hatte sie ja recht, auch wenn ich sie so sehr vermisste - jeden Tag.

*

Papa, Lina und Leonore spielten an einem Tisch im Aufenthaltraum des Schiffes ein Kartenspiel, zu dem ich aber keine Lust hatte. Stattdessen lief ich über das Außendeck entlang der Reling. Die Küste schien jetzt weit entfernt, doch an der Robbeninsel herrschte große Aufregung. Einige Robben klatschten aufgeregt ihre Flossen aneinander. Ich schaute ihnen hinterher. Dann wendete ich mich nach vorne und schaute über den Bug des Schiffes, wo die Sonne ihren Weg über den Horizont nahm.

Ich wusste nicht, ob Mama wiedergeboren worden war in diesem Baby im Hafen von Norgey oder an einem anderen Ort auf dieser Welt oder vielleicht auch gar nicht. Aber ein neuer Mensch war geboren worden und wir hatten geholfen, dass es möglich geworden war und viele andere Menschen gerettet werden konnten. Lina meinte, unsere Mama wäre stolz auf uns gewesen, dass wir getan haben, was wir getan hatten. Und vielleicht hatte Mama ja auch ein wenig mitgeholfen von wo auch immer sie jetzt war. Ich wusste nur, dass ich sie vermisste und ich meine Familie liebte.

Und ich fragte mich, wie viele Wunder noch auf mich warteten.

DANKSAGUNG

Mir war es ein Bedürfnis, eine Geschichte zu erzählen, die schließlich etwas über den frühen Tod meiner eigenen leiblichen Mutter, meinen damaligen Verunsicherungen und meinen Fragen in jenen Jahren Ausdruck geben könnte. Entstanden ist daraus eine Erzählung, die versucht, auf fantastische Weise Ideen für ihre Beantwortung liefern zu wollen.

Auch wenn der lange Weg von der Idee zum finalen Buch letztlich immer mein eigener gewesen war, gab es doch viele, die mich auf ihm begleitet haben. Denn ganz ohne fremde Hilfe wäre es vielleicht zu schwer gewesen.

Bedanken möchte ich mich bei Smilla Cremer und Katharina Warnke für ihre kritischen Rückfragen aus jugendlicher Perspektive. Ihre Anmerkungen haben mich zu der vielleicht umfangreichsten Überarbeitung bewogen.

Dankbar bin ich aber auch meiner guten Freundin Nicole Armbruster, die zahllose Versionen immer wieder aufs Neue gelesen und mit vielen Anregungen versehen hat. Nicht wenige davon haben Eingang in diese Fassung gefunden.

Ebenso danke ich Malou Berlin, Johanna Lindemann und Mechthild Lanfermann für viele kritische Fragen und wertvolle Hinweise, Hannes Willroth, Anton Baumann, Ron Iyamu für schnelle Hilfe in akuter Not, Xenia Jansen für all ihre Mühe beim Einsprechen der Hörbuchversion und Maarja Nurk für ihre Zeichnungen.

Karen Menzel danke ich sowieso, weil sie zu mir hält, ganz gleich, was auch immer ich versuche.

Am Ende war es ein Prozess, indem aus anfänglichen Versuchen, aufkommenden Fragen und der Suche nach den besten Ideen, sie zu beatworten, eine Erzählung wurde.

Ich freue mich auf Rückmeldungen, wenn euch die Geschichte gefallen, ihr Fragen oder Kritik daran habt.

Kontaktieren könnt ihr mich hier:

instagram.com/stigawelkind/

oder direkt: stigawelkind@gmx.de